文春文庫

風雪の檻

獄医立花登手控え(二)

藤沢周平

文藝春秋

目次

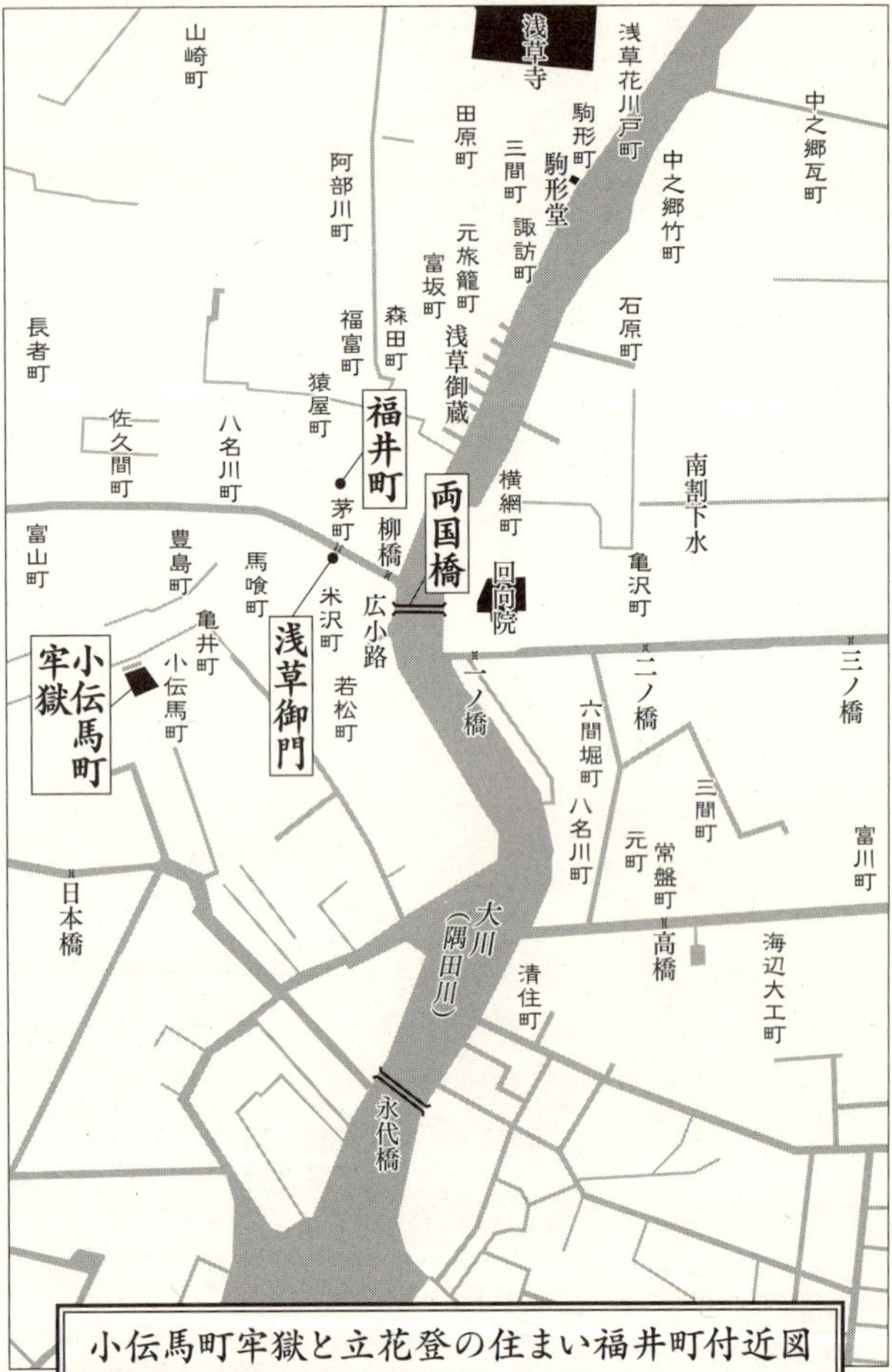

小伝馬町牢獄と立花登の住まい福井町付近図

風雪の檻

獄医立花登手控え㈡

小伝馬町牢獄平面図

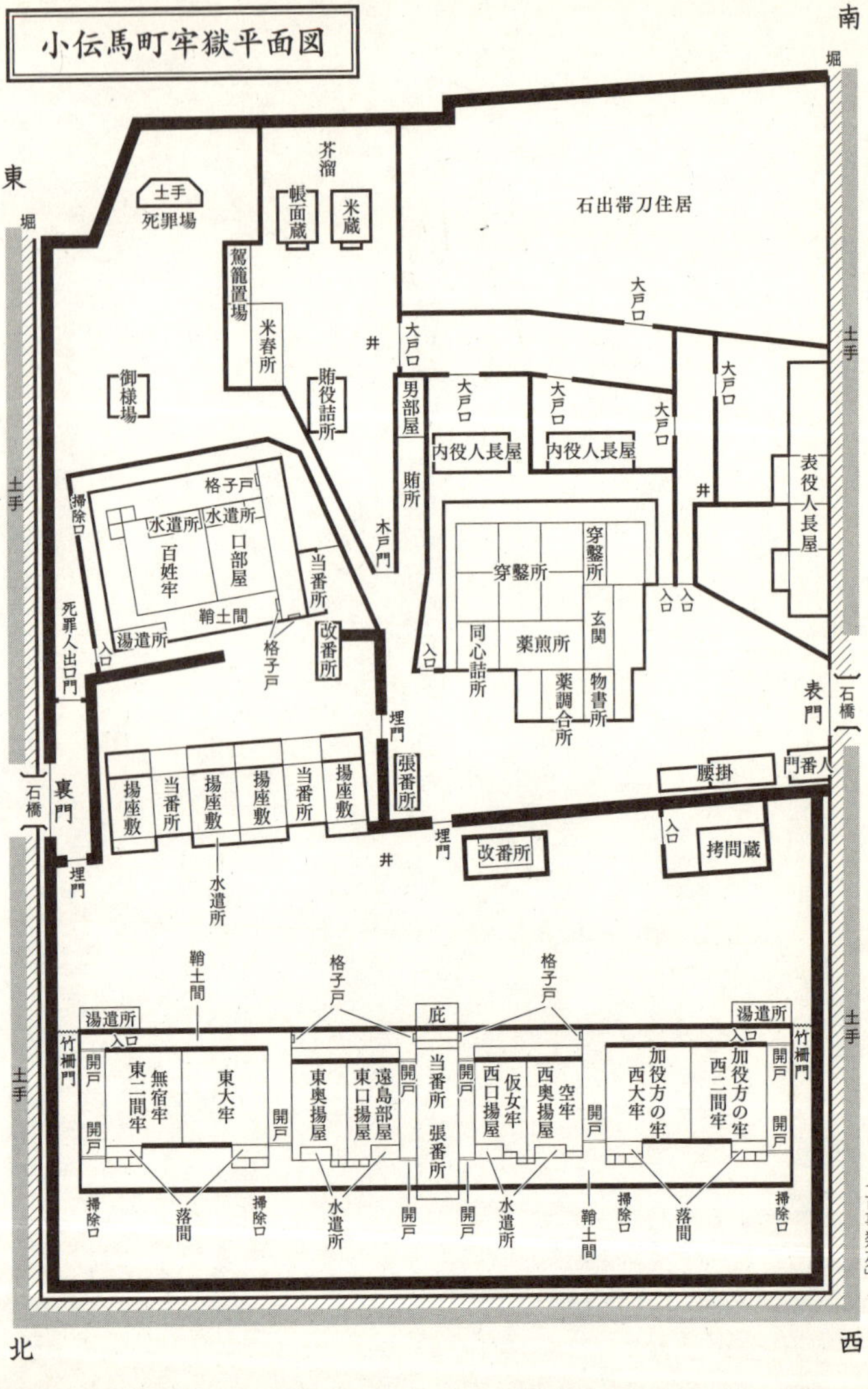

「古事類苑」より

老賊

一

登はおとうと弟子に稽古をつけていた。相手は小旗本の三男坊で久坂道之丞と言い、まだ十八だが筋はいい。さっきから同じ技を繰り返している間に、二人ともびっしょりと汗をかいていた。

起き上がって来た道之丞を迎えると、登はまたむずと組み合った。左に足を運ぶと、道之丞も軽い足捌《さば》きでついて来る。

登の組手が変化して、左手が相手の左襟をつかんだと思ったとき、登は低く気合いをかけて背後に倒れた。その瞬間登の右手は、道之丞の左腋下《わきした》から深く背後まで差しこまれ、背をつかみながら、右足甲を相手の下腹に、左足裏を右内股にあてて投げを打ったのだが、瞬間の動きだから遠くから見ただけではわからないだろう。倒れた登の身体《からだ》の上を、弧を描いて道之丞の体がとび過ぎ、二間ほど先の畳に仰むけに落ちたところだけが見えたはずである。たぐり隅返しと呼ぶ、捨て身技のひとつだった。

落ちる寸前に、道之丞は右手で畳を打ち、一回転して起き上がった。

「さっきよりはいいな」

立ち上がった登が言った。

「だがまだ眼をつぶるなあ。眼をつぶっちゃいかん」

「はあ」

「一本、おれにかけてみるか」

「お願いします」

二人が手をのばしたとき、うしろで立花と呼ぶ声がした。振りむくと師範代の奥野研次郎が立っている。

「何か？」

「うん、ちょっと」

奥野は、登を眼で道場の隅に誘った。登は道之丞に待つように言ってから、稽古している門人たちの間をすり抜けて、奥野の後を追ったが、そのときには何で呼ばれるのか、およそわかっていた。

新谷《しんたに》弥助のことを聞かれるのだろう。師の鴨井左仲が老齢なために、道場では、三羽烏と呼ばれる奥野と登、新谷の三人がふだんの稽古をつけている。その新谷が、ここひと月ほど道場に姿を見せていなかった。

むろん、登は気にして、勤めのひまを見て、二度ほど新谷の家をたずねてみたが会えなかった。何がいそがしいのか、新谷は二度とも留守だったのである。

「弥助のことだが……」

はたして、奥野はそう言った。

「さっぱり道場に出て来ぬが、何か聞いておらんか？」

「さあ」

「まさか道場をやめるつもりじゃないだろうな」

「そんなはずはありませんが」

「近ごろ、やつに会ったか？」

「いえ、それが会っていません」

気にして二度家をたずねたが、留守で会えなかったと登は言った。

「家の者は何か言っておらなんだか？」

「母御に会いましたが、新谷は道場に行くと言って家を出ているようです」

「おかしいな。道場に行くと偽ってどこへ行っておるのだ？」

奥野は腕組みして首をかしげた。彫の深い秀麗な顔に、奥野は重苦しい表情を浮かべている。

「あのな、立花」

奥野はちらと道場の中を見わたしてから、さらに声をひそめた。

「じつは昨夜、弥助に会ったのだ」

「え？　どこで？」

「それが妙な場所でな。深川の櫓下《やぐらした》の近くだ」

「深川？　すると遊廓のあたりですか？」

「うむ。いや、おれは遊びに行ったわけじゃない。あの近くにある知り合いをたずねた帰りだった」

「それで何か言ってましたか？」

「それが妙な話だが、弥助のやつ、おれをみるとそっぽをむいて知らぬ振りをしたのだ」

「おかしな話ですな」

「おかしいさ。おれはよっぽどどなりつけてやろうかと思ったが、連れがいたのでやめた。この連れと申すのが、またただのものでなくてな」

「………」

「あきらかに、地回りというのかの。あのあたりを徘徊《はいかい》するならず者だった」

登は茫然と奥野の顔を見つめた。ようやく言った。

「まさか、人違いじゃないでしょうな」

「人違いなものか。その証拠に弥助はおれの顔を見て、あわてて顔をそむけておる」

「……」

「連れは二人で、かなり酔っておった。弥助も飲んでおったようだな」

「何をやっとりますかな、あいつ」

登は思わず怒気をふくんだ声になった。奥野の言うことがほんとなら、新谷は地回りのような男たちとつき合って、深川の遊所を飲み回っていることになる。

「何をやっておるかわからんが、ほめられるようなことをしているとは思えん」

「……」

「ついでのときでよい。新谷を一度つかまえて、様子をさぐってくれんか」

「はあ、わかりました」

「あ、それから……」

奥野は首筋に手をやって、テレたような笑いを浮かべた。

「深川で、おれが弥助を見たとは言わん方がいいな。そのことは言わずに、それとなく聞いてみてくれ」

奥野は稽古にかかると厳しい男だが、そういうこまかな気遣いを示すところがある。だが、新谷に対してそういう配慮をしているということは、逆にいえば、新谷弥助の近ごろの変りように、奥野がかなり深い懸念を抱いているということでもあった。

登は黙って頭をさげた。

二

新谷のことも気になったが、登はその日、道場からまっすぐに小伝馬町《こでんま》の牢に帰った。日勤の土橋桂順《どばしけいじゆん》が、私用で夕方から家にもどることになっていて、土橋を待たせるわけにはいかなかったのである。

帰ると、土橋は風呂敷包みを膝わきに置いて、詰所の畳の上にぽつんと坐っていた。無口で色の黒い土橋の横顔を、障子窓を染めた夕日が淡く照らし出している。

「や、お待たせしました」

と登は言った。あわてて畳に上がった。

「どうぞ、もう帰ってください」

「いや、そんなにいそぐこともありません。夜までにもどればいいのですから」

支度とは裏腹に、土橋はのんびりしたことを言った。

「何か、変ったことは？」

登は畳に坐って、壁ぎわにある茶道具を引き寄せながら聞いた。

「変ったことというほどではありませんが、東の二間牢《にけんろう》の例の病人が、昼ごろにまた腹痛を訴えましたので、薬を出しておきました」

「そうですか」

登はお茶をいれる手をとめて、眼を宙に投げた。東の二間牢は、無宿者の囚人を容《い》れておく牢である。

その牢に、かなり容態の悪い病人がいた。六十を過ぎた老人で、名前は捨蔵《すてぞう》。軽い盗みでつかまり、もう半年以上も牢に入っている。普通捨蔵が犯した盗みの程度なら、判決が決まれば敲《たた》きの刑ぐらいで解き放たれる。それが口書《くちがき》に爪印をとられたあと、半年たってもまだ牢に閉じこめられているのは、捨蔵が無宿者のせいでもあるようだった。

「叩きゃ、まだほこりが出そうなじじいだからな。それで様子をみているのさ」

捨蔵が、診立《みた》てに誤りがなければ死病と推測される重い病いに冒されていることに気づいたころ、その報告がてら、それとなく捨蔵のことを聞いた登に、世話役同心の平塚がそう答えたことがある。

捨蔵は、盗みの罪についてはすらすらと白状し、口書にもあっさりと爪印を捺《お》したが、そのとき申し上げた住居はでたらめで、生国、血縁の有無などには、いっさい口を閉ざしているということだった。

捨蔵という名前だって、本物かどうかわかるもんじゃねえ、と平塚は言ったが、登は何となく釈然としなかった。無宿者は、奉行所でも牢獄でも、ことに忌《い》み嫌われる。平塚の言葉から、無宿者とみると必要以上に酷薄に身構える、役人の体臭を嗅ぎつけたからかも知れない。

たとえば、叩いてそこばくのほこりが立ったところで、死病持ちの年寄りに、これ以上新たな罪をつぐなわせることもなかろうにと、その時登は思ったのだ。死にまさる償いがあるわけもない。だが、その軽い反発を、登は口には出さなかった。

奉行所には奉行所の考えがあってしていることだろう。一獄医が口出しすべき事柄ではなかろうと思ったのである。

ただ捨蔵には、診察のたびに、身寄りがいるなら隠さずに申し上げる方がいいとすすめた。請人《うけにん》さえいれば、役人はすぐ牢から出してくれるだろうし、あんたの病気には、牢の外の空気が一番よく利《き》くだろう。

だが、捨蔵はそう言う登を、返事もせずに黙って見返すだけだった。捨蔵は骨と皮に痩《や》せ細っている。だが眼だけは、底光りして登を見返して来る。

土橋桂順が言っている二間牢の病人というのは、この捨蔵のことだった。

「これは、私のただの感じですが……」

土橋は、登に遠慮しているのか、ためらうような口調でつづけた。

「あの病人ですが、そろそろ溜《たまり》に移す方がいいのではないでしょうか」

「そうかも知れません」

「本人がのぞまなければ、いたしかたありませんが」

「そうですな。一度たしかめてみましょう」

と登は言った。土橋が診たとき、捨蔵の容態はかなり悪かったのかも知れない、と登は思った。

土橋は、それで気がかりだったことを吐き出したというふうに、急にそそくさと挨拶を残して、部屋を出て行った。

――溜送りか。

がらんとした部屋の中に、仰むけに寝ころびながら、登は土橋が残して行った言葉を、胸の中に転がした。

浅草田圃《たんぼ》と品川の鈴ヶ森近くに、病人を預かる養生牢である溜がある。病人のほかに、入墨の刑をうけてまだその傷口が乾かない囚人、遠島《えんとう》の刑が決まったものの、まだ刑執行の十五歳に達しない少年囚も預かったりするが、溜は概して言えば、養生牢であるために小伝馬町の牢獄よりは、住み心地がよく小ぎれいになっている。風通しのよい造りで、板敷には残りなく畳が敷かれ、牢内に竈《へつつい》を置いて昼夜煮炊きが出来るし、夜も小伝馬町の本牢とはこと変り、有明行灯《あんどん》を用いる。だがそこは、痛みが堪えがたくて毎夜うめき声を立てる病人を、土間に引き出して同囚の者が蹴殺したりもする、重病人にはこわい場所でもあった。

——溜に送っても、いずれは助かるまい。

と登は思った。それに、さっき土橋が言ったように、捨蔵自身が溜下がりをのぞみ、二間牢の牢名主《なぬし》から申し立てがなければ、医者の一存で手続きをとるわけにはいかない。しかし、今度捨蔵の診察があったときは、そのことをすすめてみてもいいと登は思った。

その機会は、さっそくその夜にやって来た。五ツ（午後八時）すぎ、平番同心の水野が、登を呼びに来た。

「例のじいさんです」

と水野は言った。水野は去年の秋から小伝馬町に勤めはじめた同心で、まだ若く言葉も丁寧だった。

「薬をもらって行きましょうか。毎度のことで、先生も大変でしょう」

「いや、役目ですから、私が行きましょう」

水野と連れ立って、登は詰所を出た。季節は三月に入ったばかりだが、夜気はどことなく湿り気を帯びてあたたかい。東西の牢の真中にある当番所から明かりが洩れて、牢前の庭の闇をうすく照らしていたが、その灯影もうるんでいるように見える。

当番所に入ると、星野という世話役同心が、鍵を鳴らしながら立ち上がって来た。提灯《ちょうちん》持ちは下男《しもおとこ》の万平だった。

星野は無口な同心で、万平を先に立てて黙って東の牢にむかったが、大牢の外鞘《そとざや》に踏みこんだところで登を振りむいて言った。

「毎度の囚人ゆえ、薬だけあたえればいいのじゃねえか。いかがか？」

と言った。捨蔵は牢内でももてあまし者になっているのだ、と登は思った。

「そうですな。ま、様子をみて」

と登は言った。

ところが、二間牢の前まで行くと戸前口の中から待ちかねたような声がかかった。

「先生、お待ちしてましたぜ。じいさんが苦しがって、見ちゃいられませんや。ま、一ぺん診てやっておくんなさい」

そう言ったのは、桝吉《ますきち》という三番役だった。三番役は、病人の世話をやいたり、薬を取りついだりする牢内役人である。桝吉はおとなしそうな顔をした三十男だが、勤め先の桶屋で、仲間の職人を二人も半殺しのめにあわせた凶暴な男だった。

桝吉は肩を抱くようにして、病人の捨蔵を戸前口の内側まで連れて来ていた。登が眼で合図すると、星野は仕方ないという顔で錠をはずした。その間に、万平が抱えて来た菰《こも》を外鞘の土間にひろげた。

「寒くはないから、横になってみるか」

登がそう言うと、捨蔵はおとなしく菰の上に仰むけになったが、その間にもきれぎれなうめき声を洩らした。

「痛ければ、もっとうなってもいいぞ」

言いながら、登は捨蔵の帯をゆるめ、腹をさぐった。ぺったりと落ちくぼんだ腹だった。ここ二日ほど、捨蔵は何も喰っていないという、牢内からの報告を登は聞いている。喰わないぐらいは、病気がなおればすぐもとにもどるので心配はいらないが、問題はいまも指先にふれる痼《しこり》だった。

腫物《はれもの》、と登は診立てている。薄い皮膚の下に固く、かなり大きく痼《しこ》っている物。それが破れたときが、捨蔵の年貢の納めどきだろう。だが、少なくともいまはまだ破れるところまでは来ていない。

「じいさん」

と登は言った。

「溜に行くか。ここよりは、気分がせいせいするだろうし、薬の面倒見もよいが」

「……」

「はやくなおすには、その方がいいかも知れんな」

捨蔵は黙って登の顔を見つめたが、不意にしわがれた低い声で言った。

「先生が、その方がいいというならね」

「お前さんの気持次第だ。行こうという気持があるなら、長右衛門に言えば、明日にでもお役人が手配してくれるだろう」

長右衛門というのは、二間牢の牢名主である。そうしてもらいまさ、と捨蔵は案外に素直な口調で言った。

「取りあえず、今夜は痛みどめの薬をやろう。もう起きていいぞ」

と言ったが、捨蔵は起きなかった。紙のように薄い身体を、ぺたりと莚の上に横たえたまま、登を見上げている。叩けばまだほこりが出る、と平塚が疑うのも無理ないと思われる底光りする眼が、またたきもせず登を見つめていた。

一瞬だが、登は背筋に悪寒《おかん》が走り抜けたようなざわめきを感じた。それが何のためかは、登にもはっきりとはわからなかった。

「先生よう」

と捨蔵が言った。舌がもつれる感じの低い声だが、言葉はわかる。

「溜にやってもらうけど、どうせおいら、助からねえのだろ?」

「そんなことはない。養生すればよくなる」

「それでよ」

捨蔵は、登の気休めの言葉を無視してつづけた。

「先生に、ちっとおねげえがある」

「……」

「娘と孫をさがしてくれねえか」

捨蔵は起き上がろうとしたが、一人では起き上がれなかった。登と万平が手を貸すと、やっと半身だけ起こした。捨蔵は登の肩につかまった指に力をこめ、ぐっと顔を近づけて来た。

提灯の光に、幽鬼のように痩《や》せた顔が浮かび上がった。まるで死神だな、と登は思った。ちらと星野を振りむいたが、星野は少し離れたところで、庭の方を眺めながら所在なげに鼻毛を抜いている。

登も声をひくめて聞いた。

「身内がいるのか?」

「いるよ」

「なぜそれをお役人に言わん。言えばいつまでも牢になどいなくともよかったのだ」

「ずいぶん前に別れてよ、いまじゃ行方《ゆくえ》がわからねえのだ。それに、いまさら親でございと名乗れる仲じゃねえ。さんざ迷惑をかけたからな」

「……………」

「だがよ。助からねえ命なら、死ぬ前に一度は顔を見てえ」

「お役人に言えば、行方をさがしてくれるだろう」

「だめだ。岡っ引なんぞに探してもらっても、娘はまたかと姿をかくしてしまう」

「……………」

「先生、頼まれてくんねえ」

三

二日後の昼、登は浅草の阿部川町を歩いていた。明け方にひとしきり雨が降って、まだ地面が濡れていたが、空はきれいに晴れている。

塀の上から木蓮の白い花がのぞいている。大きなしもた屋の横を通りすぎると、突然に長屋の木戸が現われた。弥五平長屋。木戸を入ると、貧しげな軒をならべている長屋の路地にも、まぶしいほど光が溢れている。

「ちょっと、おたずねするが……」

慈姑頭に羽織姿の登をみて、何ごとかと井戸端から立ち上がった女に、登は声をかけた。

「この長屋に、以前おちかという女子《おなご》が住んでいたのをご存じですかな？」

「知ってますよ、三年ほど前に、よそに移っちゃったひとだけどね」

「そのひとだ。どこに越したか、ご存じありませんか」

「それがさ」

女は洗い物をひとまずおいて話しこむことに決めたらしく、前垂れで手を拭くと、立ちはだかるように登の前に足を踏みひらいた。頰が赤く、まるまると太った四十近い女だった。腰にあてがった腕も太い。

「急に越して行ったんだよね。どこに行くとも言わないでね。それでさ、あたしゃおちかさんに言ってやったんだよ。あんた、そりゃ水くさいじゃないかって、どこへ越すぐらいは言うもんだよって」

「ふむ、そうしたら？」

「それが妙なんだよね。おはなさん、わるいけどそれは聞かないでくれって、こうだよ。おはなってのはあたしのことだけどさ」

女はけらけらと笑った。すると、その声を聞きつけたように、井戸のすぐ前の家から、べつの女が顔を出した。

浅黒い顔が馬のように長く、手足もひょろ長いその女は、二人をみると、おはなさんどうしたねと言った。すると登とむかい合っていた女は、眼をかがやかして、おいでよとその女を手で招いた。

「このひとさ。おちかさんのことを聞きに来たんだって」

「あら、そうなの」

そばに寄って来た女は、登にこんにちはと言った。

「あのときは変だったよねえ、あんた」

とおはなが言った。

「なにしろ、長屋のものに挨拶もそこそこだろ。そいでもって、とうとうどこに越すとも言わずに出て行ったんだから」

「でも、あたいには見当がついてたな」

と面長の色の黒い女が言った。

「あんたにも、誰にも言わなかったけどさ」

「何だね、思わせぶり言うじゃないの。見当て何さ」

「おちかさんね、いいひとが出来たんだと思ったよ、あたいは」

「あらァ、だけどあのひと、一度もそんなこと言わなかったよ」

「言わなくたってわかるじゃないか、あんた。ほら、あのひと。おちかさん下駄の緒の内職でいいお金とっていただろう？　そんとき、出来上がった品物取りに、いつも同じ男のひとが来てたじゃないか」

「あのひと？　まさかあ、あらいやだ」

女二人は、登のことをそっちのけにして、お互いに胸のへんをつつき合ってくすくす笑ったり、急に顔をくっつけてひそひそ話をはじめたりした。

「それで？」

登も中途半端な笑顔で、その内緒話に割りこんでいった。待っていれば、いつまでもほっておかれる。

「つまり、おちかさんというひとは、どこに越したかわからんのですな？」

「そうねえ、大家さんにでも聞いたら、わかるんじゃないかしら」

おはなという女がそう言った。おや、このひとまだ用があるのかといった眼つきで登を見て、ごく無責任な言い方だった。

「でもさあ、あたいはあのとき思ったね」

面長の女が、またさっきのつづきに話をもどした。

「なんかあわただしく行っちまったけど、おちかさんそれでしあわせつかんだのならいいじゃないかってね。その前は、あんまりかわいそうだったもの」

「そうそ、かわいそうだった」

とおはなも相槌を打った。

「と、言うと？」

「ご亭主を亡くしたんですよ。子供がやっと二つになったときでね、あんた。おちかさんのご亭主というのは、腕のいい下駄職人でさ。あの夫婦はここではじめて所帯を持ったんだから、そりゃ長屋のもんはほっとけないわ。あのあと、ずいぶん面倒みたよね」

「だからさ、だからあたしも思うわけ。ここを出て行ったときのおちかさんは、少少水くさかなかったかってね」

「だから、それはいいじゃないの。いいひとが出来て越して行ったんなら、けっこうなことじゃないのさ」

「で、ここの大家さんというと？」

登はまた、女二人の言い合いに割りこんだ。

「どのへんですか？　ご近所ですか？」

「ご近所も何も、表へ出たところの、角の米屋だよ」

礼を言って、登は背をむけた。これ以上女二人のおしゃべりにつき合っても、得るところはなさそうだと思ったのである。

ところが女たちは、そのときになって登に不審を持ったようだった。うしろから、ちょっとと声をかけて来た。

「失礼だけど、あんたどこのどなたさん？」

「私は医者です」

と登は言った。

「お医者の先生が、なんでおちかさんにご用がおありなんですか？」

「じつはおちかさんの父親が病気でね。私がその病気を診ているのだが、病人が娘に会いたがっているので、たずねて来たのです」

「へーえ」

女二人は顔を見合わせた。

「おちかさんに、父親がいたの？　親が生きてるなんて話は、聞いたこともなかった」

当然だと登は思った。捨蔵の話によれば、捨蔵はおちかが十七のときに、身を持ち崩して家を出ている。だが捨蔵は、そのあと女房が病気で死んだことも、おちかが下駄職人と知り合って弥五平長屋で所帯を持ったことも知っていたのだ。ただ、親でございと、娘の前に顔を出すことは二度とすまいと、心に決めていたのである。

女たちの納得した顔をみて、登はもう一度礼を言い、長屋の木戸を出た。少し憂鬱な顔になっている。この調子だと、おちかという子持ち女をさがし出すまで、だいぶ手間がかかりそうだな、と思ったのである。

――それまで、じいさんの身体がもつかどうかだ。

捨蔵はあんなことを言ったが、人をさがすのは、牢医者のひま仕事にしては荷が勝ちすぎるようだ。八名川《やながわ》町の藤吉に頼もうか。

ちらと顔馴染みの岡っ引の顔を思い浮かべたとき、うしろから、ちょいとお医者の先生と呼ばれた。振りむくと、いま別れたばかりの馬のように顔の長い女が、鼻息を荒らげて追っかけて来た。険《けわ》しい顔をしている。

「なにか？」

「あんた、ほんとにおちかさんのおとっつぁんに頼まれて来たんですか？」

「そうだが？　さっき言ったとおりです」

「それならいいけど……」

女はやっと、普通の顔色にもどった。

「この前、やっぱりおちかさんの行方をたずねて、うす気味の悪い男がたずねて来たもんでね」

「この前というと、いつごろですか？」

「さあ、半年も前かねえ」

「六十ぐらいのじいさんじゃなかったですかな？」

と登は聞いた。たずねて来たのは捨蔵かも知れないと思ったのである。うす気味悪いといえば、あんなうす気味悪い顔つきの男は、そうざらにはいまい。

だが、長屋の女は即座に首を振った。

「ちがうね。ひとの年はよくわかんないけど、四十ぐらいかな。背がちっちゃくて瘦せた男だったよ」

「ほう」

「それが、おちかという女はここからどこに越したと、しつこくたずねてねえ。あのひとに、何かよくないことでも起きたのかって、長屋のもんが気味悪い思いをしたんだ」

ひょっとしたら、その男は捨蔵がよこした使いかも知れない、と登は思った。

だが、そうではないような気もした。そう思わせるのは、女の顔に浮かんでいるかすかな怯《おび》えのいろだったかも知れない。捨蔵の使いでないとすれば、と登は女の顔を見ながら思った。

——おちかという女の行方をさがしている男が、ほかにもいることになる。

四

登は、浅草の溜に引き取られて行く捨蔵を、門前で見送った。捨蔵はござで巻いた浅い箱型の容《い》れ物に乗せられ、担《かつ》がれて遠ざかって行った。この容れ物を、囚人たちはおだてと呼ぶ。ござは苧経《おだて》とも言うから、そこから来た名称かも知れない。

軽い病人はもっこで運び、捨蔵のように重い病人はおだてに乗せて運ぶのである。容れ物を担ぐのは溜から来た男たちだった。ほかに溜手代と呼ばれる男が一人付きそっている。一行は、わずかに朝靄《あさもや》の名残りが漂っている市街の方に、黒い一団の塊りとなって消えて行った。

日射しはあたたかく、おだての上の捨蔵は寒くはないだろう。だが通行の人びとの眼から、痩せ衰えたその姿は丸見えに見えるはずだった。ひと眼で、病気の囚人とわかる捨蔵の姿は、溜につくまでの短くはない道中を、町の者の好奇の眼にさらされて行くのである。残酷な見世物のようであった。

登が門脇の潜《くぐ》りから牢屋敷にもどると、玄関のそばに土橋桂順が立っていた。

「今朝は、病人はなしです」

登が溜に行く捨蔵を世話している間に、牢舎内の見回りを済ませて来た土橋はそう言い、声をひそめた。

「行きましたか？」

「行きました」

「やれやれですな」

と土橋は言った。捨蔵には、何度か夜中に呼び立てられているので、土橋がそういうのも無理なかった。

「いや、厄介ばらいというつもりではありませんが……」

土橋は自分の言い方に気がさしたように、言葉をつづけた。

「その、何です。重病の者の息をふさぐなどということが牢にはあると聞きましたものでな。そういう死人は見たくありませんからなあ」

溜に行っても、事情は似たようなものだと登は思ったが、口には出さなかった。土橋に話を合わせた。

「さよう。溜に行ってなおるという病人でもないでしょうが、ま、病人の扱いはむこうの方が手馴れてやわらかでしょうから」

「それでは私は、これで夜まで休ませて頂きますが……」

そう言いながら、土橋はそっとあたりを見回した。そして、また声をひそめた。

「長右衛門が、あなたに用があると言ってますが、どうなさいますか」

「用？　病気ではなく？」

「捨蔵のことで、内密にお話したいことがあると言っていました」

「何の話ですかな。ちょっと行ってみましょう」

長右衛門は、捨蔵のいた二間牢の牢名主である。登が簡単に行くと言ったので、土橋はほっとした顔色になって、では私はこれで、と言うと詰所の方に歩いて行った。

土橋は牢内を見回る医者になって、まだ日が浅いので、きわめて小心に勤めている。いま登に伝えたようなことも、何か牢内の定めに触れるのではないかと心配していたことが顔色からうかがわれた。

そんなに気を遣うことはないのに、と登は臆病な同僚のうしろ姿を見送りながら思ったが、すぐに牢舎にむかって歩き出した。捨蔵のことで話があるとは、何のことだろうと気になったのである。

長右衛門は、五十過ぎの大柄な男で、もう五年もの間、二間牢の名主を勤めている。何の罪か、登はそこまでたしかめたことはないが、長右衛門は数年前、本来なら死罪に相当する罪を犯した。だがその直後に、奉行所に自首して出たために、罪を減らされて永牢を言い渡され、入ると間もなく牢名主におさまったのである。

当番所にことわって、登が二間牢に行くと、戸前口にいた囚人が、すぐに長右衛門を呼んで来た。

「やあ、先生」

長右衛門は、牢格子の内側に、布団を二つ折りにして敷かせ、その上にあぐらをかくと牢格子に顔を寄せて来た。ひげづらに大きな眼がぎょろりと光っているが、性格は陽性な男だった。

「じいさん、おとなしく行きましたかい？」

「行ったよ」

「やれやれだあ」

長右衛門は、土橋と同じことを言い、にたにた笑った。

「そう言っちゃ何だが、しょっちゅう医者よ薬よで、いい加減おれたちも往生してたんだ。先生だってそうだろ？」

「まあ、そんなものだ」

登は苦笑した。

「しかし、それにしてはこの牢じゃ、捨蔵をよく面倒みてたようじゃないか」

「それだ、先生」

長右衛門は、ひげづらを牢格子にすりつけて来た。

「大概はあのぐれえ面倒かけられると、いっそ手伝って楽にしてやろうかということになる。その方が、病人に親切だからな。あ、そんなおっかねえ顔をしねえでくだせえ」

「……」

「この牢のことじゃねえよ、先生。ほかの牢のことさ。この牢は乱暴者ぞろいだが、おれがにらみをきかせているうちは、そんなことはさせねえよ」

「当然だ。妙な細工をしてごまかしても、私は受けつけんから、心得ておくことだ」

「わかってら。で、捨蔵のことだけどよ。先生、煙草吸ってもいいか。外に煙を出さねえようにするからよ」

仕方がない、やれと登は言った。表向き酒は一牢につき一日百文分だけ、煙草は禁止となっているが、じっさいには牢名主をはじめ牢内役人は、下男に頼んでこっそりと外から酒、煙草を仕入れていた。

金をもらった下男は、茶樽と称して中身は酒に替えたり、冬なら湯たんぽの中に酒を仕込んで渡したりする。禁制のはずの煙草も、牢内にはちゃんと煙管《きせる》があり、火打ち石も備えてあった。ただ囚人たちは遠慮して、牢内に呑湯の桶を入れるとき、そばにしゃがんで、湯気にまぎれて煙草をくゆらしたりするのである。

そういう実情は、登も承知している。野暮は言わなかった。それよりも、長右衛門が捨蔵のことで何を話したいのかと、興味をそそられている。

登の許しをもらうと、長右衛門は四人を呼んで煙草を取り寄せ、布団からおりてうずくまると大いそぎで二、三服吸った。そして、また布団に上がって来て、格子から顔をのぞかせた。

「あのじいさんだけどよ、おれがにらみをきかせなくとも、誰も手出しするわけがねえ」

「ほう、どうしてだ?」

「まずこの牢に入って来たときの挨拶が凄かった。どんな挨拶だったかは、先生にも言えねえけどよ。あっしが貫禄負けして、小便をちびりそうになったぐれえだから、大したものさ。こいつは名主役を明けわたさなきゃならねえかなと思ったが、やつはそんなものにゃ目もくれなかった。隅っこにじっとして寝てるだけだ」

「………」

「そのとき出したツル(金)がなんぼだったか、わかるかね、先生」

「牢内のことはわからんな」

「五両だよ。ここは無宿牢だぜ。たった二分のツルを差し出せなくてよ、しごかれてひいひい泣くやつがいるのが、この牢さ。それなのに五両、ぽんと出しやがった」

「ふーむ」

「それだけじゃねえのよ。そのあとも、二両だ、三両だと外から金が入って来るのだぜ。あいつはあっしら、中の役人なんかより、よっぽどぜいたくに暮らしてたな。やつは喰わせもんだった。あれが身よりたよりもねえ無宿者とはお笑いぐさよ。先生の前だが、お役所も甘いねえ」

「無宿者じゃないと言うんだな？」

「あたりきよ。だちか身内か知らねえが、外にあったけえつながりがある男さ」

「しかしそういう男が、何で自分から無宿者と名乗っていたのかな」

「前にでけえ仕事をやっててんじゃねえのかね。名前を知られちゃ困るようなでけえやつをよ。そんなのがありゃ、生国から住居、名前と、残らず隠すわな。捨蔵なんてのも、思いつきの名だろうぜ」

「……」

叩けばほこりが出る、と言った平塚の言葉を、登は思い出していた。

「五両のツルで、牢の連中はど胆《ぎも》を抜かれたが、そのうえにあのつらだ。あのつらで物も言わず隅にころがっているのだぜ。うす気味悪いったらありゃしねえ」

「……」

「な、先生。牢の連中が、先を争ってじじいに親切にしたのはそういうわけよ。それに、やつが外につながりを持ってんのは、もうはっきりしてんだ。それをだ。病気だからとむごい扱いでもしてみなよ。娑婆《しゃば》へ出たとき、てめえの身に何が降りかかって来るかわかるもんじゃねえ」

「捨蔵は恐れられていたのだな？」

「そうよ。うなり声がうるせえからと蹴殺し……、あ、た、た。あの爺イに妙なことでもしてみろよ、娑婆へ出たときはこっちの命があぶねえとふんだのさ。そういうことはだ、誰が言ったちゅうわけでもなく、牢にいりゃぴんと来るものなのさ、うん」

「や、いいことを聞いた。それだけか？」

「まだあるんだ、先生」

ちょっと一服していいかと言うと、長右衛門はいそがしく布団をすべり降りて、板の間にうずくまり、またせわしなく煙草を吸った。

登は揚り屋の外鞘に通じる格子戸の方を振りむいたが、まだ昼前のことで、人が来る様子はなかった。だが、あまりいつまで牢舎の中にいても、当番所の役人に怪しまれるだろう。

登は、こちらに背をむけて煙草を吸っている長右衛門に声をかけた。

「まだ捨蔵のことで話すことがあるのか？」

「うんにゃ、そうじゃねえよ」

長右衛門は、煙草をしまいにして、あわただしく布団に這い上がって来た。

「じじいのことじゃねえ」

長右衛門は手を振って、これからが本式の話だよ、先生と言った。

「二十日ぐれえ前に、この牢に新入りがあったのを、先生、知ってたか？」

「いや、気づかなかったな」

牢には、ひっきりなしに男たちが出たり入ったりしているが、登にかかわりがあるのは病人だけである。出入りする男たちに、いちいち気をとめて見ているわけではない。

「何てことはねえ男だった。四十ぐらいのおとなしそうなやつでよ」

「ふむ」

「ところが、これがいつの間にかあのじいさんと話しこんでるのだ。ふっと気づくと、こそこそと内緒話をしてやがる。それはいいがよ、話してるところを、誰かに気づかれたとわかると、そ知らぬふりですっと離れたりしてな。こいつは初対面じゃねえ、娑婆のつき合いがある男だと、あっしはにらんだね」

「その男、まだこの中にいるのか？」

「それがさ、五日ほど前に出て行っちまった。何の罪で入って来たかは誰も知らねえ」

「ふむ」

「肝心の話はこれからだ、先生。そやつが出て行ったあとで、あっと思ったね。やつが誰だったか思い出したのよ」

「誰だ？」

「守宮《やもり》の助という男だよ」

長右衛門はあたりを見回してからささやいた。

「そういう名前を聞いたことがねえか？　いや、先生が知るわけはねえわな」

「何者だ、その助とかいうのは？」

「盗み、殺し、かどわかし何でもやった男さ。それでいて、一度もお上につかまったことはねえ」

「……………」

「あっしも、むかしはちっと裏の世界を見た男だからよ。たった一度だが、やつを見てるのさ。場所は言えねえよ。あれは守宮の助五郎だと聞かされて、遠くから眺めただけだがよ、相州無宿の松十てえ名前でね。この牢にひょいとやって来やがったが、どうして、松十なんてお粗末なもんじゃねえや。どうも、どっかで見たつらだと、野郎がここにいる間ずっと気になってたのよ」

「………」

「しかし何だな、気づいたのが野郎の出たあとでよかったかも知れねえさ。おれは思ったことが、すぐと顔に出るたちでね。隠しておけねえ。ところがやつは、正体を知られて黙っているようなタマじゃねえのだ。ぶ、る、る」

長右衛門は、眼も鼻も大きい顔を振った。

「夜中に寝てるところをぷっすりなんてえのは、感心しねえからな」

「どんな男だった？　その守宮の助とやらいう男は？」

「痩せて、ちっこい男だよ」

長右衛門の話が終ると、登は牢舎から前庭に出た。罪囚を閉じこめる建物の上にも、さんさんと早春の光が降りそそいでいて、昼もうす暗い牢舎から出て行くと、外はまぶしいほど明るかった。

改め番所そばの井戸のまわりに、犬ふぐりの花が、かたまって咲いている。その花を眺めながら、登は腕をこまねいた。

胸の中に疑惑が芽ばえていた。

——小さくて痩せた男……。

東の二間牢にあらわれ、半月ほどで出て行った守宮の助という男と、半年前に弥五平長屋にあらわれて、捨蔵の娘おちかの行方をたずねた男とは同じ人物なのではなかろうか。

うかんで来た疑いはそういうものだった。そしてその疑いは、ただの勘にすぎないが、なぜかまだ顔も見ていないおちかという女とその娘の上に、暗いかげを投げかけるように思えた。

——捨蔵と守宮の助は、牢の中で何を話し合ったのだろう。

そう思うと、捨蔵の頼みには、登には隠している何かのたくらみがあるような気さえして来るが、しかし、と登は思い返した。瀕死の病人がまさか変なたくらみもしまい。そのへんのことは……。

——おちかという女をさがしあてて、じかに聞けばわかることだ。

おだてに乗せられて、先生、あのことを頼みますよ、と手をあわせた捨蔵のあわれな姿が浮かんで来た。捨蔵は、長右衛門の話がどこまで信用出来るかは別にして、ただの小悪党とも思えないところがあるようだが、頼みは頼みだと登は思った。

それで決心がついて、登は庭を仕切る塀の方へ歩いて行った。

五

「そういうわけでな」

と登は八名川町の岡っ引藤吉に言った。

「下谷山崎町の惣助店《だな》。そこまではどうにか突きとめたのだが、そこでぷっつりと足跡がとだえてしまった。大家も知らん、長屋の連中も聞かなかったで、お手上げであってな。それから先は親分の手を借りるしかなかろうと思って、来たのだ」

「そういうさがし物は、土台先生の手に負えることじゃありませんや」

藤吉は、なぜかにがり切った顔をしている。

「もっと早くいらっしゃればよかったんだ。もっとも、はなから話を聞いてたら、あっしはおやめなさいと申し上げたでしょうな」

「……………」

「だってそうでしょう？　平塚の旦那が、叩けばほこりが出る男だとおっしゃったのは、その捨蔵とかいうじいさんを、よほどの悪党とにらんでる証拠ですぜ。そんな悪党の頼みを、先生ともあろうおひとが、はいはいとお引きうけになるってのも、どうかしてますぜ」

藤吉は市井《しせい》の中から悪党をつまみ上げて、牢にぶちこむのが商売である。牢の中にもあわれな病人がいるなどとは考えたこともなく、そこにいるのは、根っからの、世に仇なす悪党どもだと思っている。

登が、その悪党の一人の頼みを引きうけ、人をさがしているのも言語道断だが、その尻をこちらに持って来られるのは大きに迷惑だと、顔に書いてある。

「行方が知れねえなら知れねえで、そこでうっちゃっておいたらどうです？　どうせ、そのじじいは長《なげ》えことはねえんでしょう」

「しかし、もしもそのおちかという女が、殺されでもしていたら、どうなる？」

藤吉は、ぎょっとした顔になって、登を見つめた。そして声をひそめた。

「何か、そんな気配でもあるんですかい？」

「いや、はっきりこれという証拠があるわけじゃない。ただ、阿部川町の長屋から、山崎町まで、おちかという女は、二年ほどの間に転転と五軒も住み家を替えておる。これはおかしいとは思わんか」

「………」

「その女は、何者かに追われていたのではないかというのが、わしの勘だ。とすればだ、行方がわからんから、そのままほっとこうというのも気が咎める」

おだやかにそう言ったが、登の気持の中には、じつはもっと切迫した緊張感があった。おちかの引越し先を追って歩いているうちに、登は誰かにあとをつけられたのである。

三日前と、今日藤吉の家に来るまでと、登は二日間精力的におちかという女の行方をさがして回った。

おちかは阿部川町から一たん神田に移り、そこから中ノ郷の竹町、北本所の番場町、下谷山崎町と住み家を替えていた。誰かに、うしろから見られている感じをうけたのは、三日前に番場町を歩いているときだった。だが振りむいたが格別うろんな人間は見当らず、そのときは気のせいかと思ったのである。

だが、今日はそれがはっきりした。下谷山崎町の長屋をくぐりかけて、登は眼の隅にちらと黒い人影が動くのを感じて足をもどした。そのとき頬かむりをした職人ふうの男が、そこから半町ほどの場所にある稲荷《いなり》社の境内に入ったのが見えたのである。顔をそむけたようでもあった。男はいそぐ様子もなく、ゆっくり境内に入って行ったのに、登が走ってそこまで行ってみると、狭い境内には、犬の子一匹いなかったのである。

何のためにつけられているのかは、登にはわからない。またあとをつけて来る男が、何者なのかも見当がつかなかった。二間牢の名主が言った、守宮の助という男のことをちらと思い浮かべもしたが、ほんの一瞬見ただけの人影が、その男かどうかもわからなかった。

何もわからないが、ただひとつおちかという女に、何かしらの危難が迫っている、という感じを登はうけている。捨蔵には、その危難の正体がわかっていて、だから娘をさがしてくれと頼んだのではないか。それは二間牢に守宮の助がやって来たことかかわりがあるのか。

それにしても、五軒も家を替えて、女はいまどこにいるのか、と登は思うのだ。誰かはわからないが、おちかの恐れている人間がいるらしい。その人間がやって来はしないかと、どこかの長屋の隅に、母子二人が抱き合ってうずくまっている姿が浮かんで来る。藤吉にはああ言ったが、登は母子がもう殺されてしまったとは思いたくなかった。さがせばどこかにいる。

しかし、あとをつけられたことは、藤吉には言わない方がいいだろう。言えば藤吉は、その男を先につかまえにかかるだろう。それでは物事が逆だ。母子の行方をさがし出す方が先なのだ。

「直蔵を貸してくれないか」

登は、考えこんでいる藤吉に、そう言った。直蔵は藤吉に使われている下っ引で、年は若いが、探索の腕はいい。

「山崎町で手がかりが切れたが、直蔵なら何かひっかかりを見つけてさがし出すだろう」

「そりゃ、直なら何とかするだろうが……」

藤吉は気乗りしないふうにまだ渋い顔をしている。ふと思いついて登は訊ねた。

「守宮の助というのは、何者だね、親分」

「守宮？」

藤吉の眼が、すっと細くなったようだった。その眼で、またたきもせず登を見つめてから、藤吉は吐き出すように言った。

「守宮の助五郎は人殺しさ」

「……」

「江戸中の岡っ引が、やっきとなってさがしているが、まだ姿を見た者はいねえ。いや、一人だけ見かけて追いつめた男がいたが、逆に刺されて死んだ。石原町の利助という岡っ引でな。腕はよかったが、助五郎を追っかけるには、ちっと年取っていた」

「……」

「とにかく盗み、殺し、かどわかしと悪いことなら何でもやって来た男さ。助がやってねえのは火つけぐらいのもんだろう。まさか先生がおっしゃる人さがしに、助五郎が一枚噛んでるのじゃねえでしょうな？」

「いや、そうじゃない」

と登は言った。守宮の助が、藤吉のいうように一枚噛んでいる疑いがないわけではないが、それを言えば大さわぎになるだろう。さわぎになって、うまく母子をさがし出せればいいが、逆の目が出そうな気もする。まず、母子の行方をつきとめる方がさきだ。

「その名前は、牢の中で聞いたのだ」

「さよですか」

「それはさておいて、さっきの話だが。どうだろう、直蔵を頼めぬか？」

「先生のお頼みだからねえ」

藤吉はいつもの顔色にもどって、仕方なさそうに小さく首を振った。

「ま、ようがしょ、あっしも、その女が死んでるかも知れねえと言われちゃ、気になる」

ふだんは近くの小料理屋で働いている直蔵を呼んでもらって、くわしい頼みごとをし、登が藤吉の家を出たのは八ツ半（午後三時）過ぎだった。

暮れるまでには、まだ間がある。登は割下水《わりげすい》の新谷の家に寄ろうかと思ったが、東両国に出たところで、思い直して橋を渡った。おちかという女をさがし歩いたので、ここ数日叔父の家にもどっていなかった。今日あたりは顔だけでも出さないと、叔母の機嫌が悪かろうと思ったのである。

叔母は酒のみの叔父のぐちを言ったり、素行のかんばしくない娘のことで相談をかけたりするときは、登をただ一人の身内という言い方でもたれかかって来るくせに、今度のように休みに顔を出さなかったりすると、

「登さんも江戸に慣れて、そろそろこの家に住むのがいやになりましたか」

などと平気でいや味を言う。登が叔父の家をはなれて一人で喰って行けるわけがないと見越して言う言葉だから針がある。

それというのも、叔母は杓子《しゃくし》定規な女で、登が休みの日は、家にもどるのがおそ何刻、そのときはこの用事を言いつけてやろうと、いつも用事まで用意して待ちかまえているのである。

だから目算どおりにもどれば機嫌がよくて、お茶うけの菓子をひとつ余分にくれたりするが、途中で道場に寄ったり、新谷とどこかに行ったりして、家にはちょっと顔を出すだけということになると、物も言わない。家の者が、自分の目算をはずれて勝手に動くと、叔母は不安になり、機嫌わるくなるらしかった。

喰わせてもらって、今年の正月には新しく仕立てた着物と羽織をもらったから文句も言えないが、あまりにきびしく眼をくばられていると、いい気持はしない。叔父が酒のみになったのも、むべなるかなと登は思うのである。

――それにしても、小遣いを少少足してもらわぬことには、書物も買えん。

叔父の家が近づくと、登はかねてから叔母に言おうと思っていたことを思い出して、腹に力を入れたが、門を入ったところで、植木を手入れしている叔母の姿を眼にすると、その気力もたちまち萎えた。

叔母は、植木屋を頼む金を惜しんで、だだっぴろい庭の植木を、自分で枝を切って回る女である。出来ばえは無残なものだが、本人は自分が刈った植木をほれぼれと眺めていたりする。むろん出来ばえにも自信を持っているのだが、そういうときの叔母の胸中は、これで植木屋の手間なんぼが助かったという満足感で満たされているのである。

登がただいまと言うと、叔母は振りむいてにっこり笑ったが、眼に険がある。

「おや、よく家を忘れないでもどって来たこと」

「少少いそがしかったもので」

「でも、休みは休みでしょ。牢の規則が変ったわけでもないでしょうから」

「ええ、ま」

「あなたが帰って来たら、そこのつつじをむこうの隅に移してもらおうと思って待ってたんですよ。ほんとに家の男衆は、あてに出来ないんですから」

「なに、それぐらい、いますぐにやりますよ」

登は玄関に羽織を脱ぎ捨て、尻をからげて裏の物置に鍬《くわ》を取りに行った。むかしは叔父がこういう雑用でこき使われたらしいが、いまはもっぱら登の役目である。

鍬をふるって、つつじの株を掘りおこしながら、登は言った。

「おちえは、家にいますか？」

「いますよ。いま、誰か友だちが来ているようだけど」

叔母は、登が家に上がらずにさっさと鍬を使いはじめたので、機嫌をなおしていた。不器用に鋏《はさみ》の音をたてながら、笑いをふくんだ声で言った。

「この前のさわぎで、あの子も少しは懲《こ》りたらしいねえ」

叔母がさわぎと言っているのは、去年の暮におちえがかどわかされた事件である。かどわかした連中は、一方で登に脅しをかけて来ていたので、おちえを助け出すのに登は苦労したのである。

叔母はそのとき半狂乱になったのだが、自分のことは忘れているらしく、もっぱら娘のことだけを言った。

「このごろはあまり外に出なくなりましたよ。出ても昼の間ちょっとだけ。登さんのおかげですよ」

叔母は、こういうふうに手のひらを返したような言い方をして平気なところがある。振幅が大きくてつき合いにくいが、根は善人なのだろうと登は思うことにしている。生返事をして、登は鍬を振るう手に力を入れた。

――新谷に手紙を書いて……。

明日にでもおちえにとどけさせようか、と思っていた。

六

直蔵が小伝馬町の登の詰所をたずねて来たのは、それから十日ほど経った夜だった。

「見つかりましたぜ」

土間に降りて、うしろ手に障子を閉めた登に、直蔵はそう言った。直蔵の顔には、獲物の隠れ家をつきとめた猟師のような精気があふれている。

「場所は雉子《きじ》町ですが、すぐ行きますか？」

「むろんすぐ行く。ちょっと待ってくれ」

登は同僚の土橋と、世話役同心の平塚にことわると、直蔵と連れ立って牢を出た。時刻は六ツ半（午後七時）をちょっと回っているが、雉子町は西神田で、行ってもどれない場所ではない。

暗い町を縫って歩きながら、登はみちみち直蔵から探索の一部始終を聞いた。それによるとおちかは、下谷山崎町を出てから、さらに三軒の家を住みかえ、いまは雉子町の長屋に住んでいるのである。あきらかに異常な行動だった。

——やはり、誰かに追われているのだ。

と登は思った。

「ここですよ」

木戸をくぐったところで、直蔵は立ちどまり、長屋の奥を指さした。

「こっち側の、奥から三軒目」

「たしかに、もと山崎町にいたおちかなんだな」

「間違えねえって。子供は六つでおさよという女の子だ」

「顔を合わせちゃいないだろうな」

「先生が顔見せちゃいけねえっていうからね。まわりからたしかめて、その女も物かげからちょっと見ただけだ」

「そうか。手間をかけた」

「あっしも行こうか」

「いや、いい。あんたはここから帰ってくれ。ごくろうだった」

「さいですか」

直蔵は不服そうだったが、登にそう言われて背をむけた。暗い路地を遠ざかる直蔵のうしろ姿を、登は木戸から顔を出して見送り、直蔵が表通りに出たのをたしかめてから、長屋の路地に引き返した。

まだ時刻が早いので、家家には灯がともり、窓の内から人声が洩れて来る。火がつくように赤ん坊が泣いている家もあった。

直蔵が教えた家の前に立つと、登は戸を叩いた。おどろかさないように、静かに叩いた。板戸の隙間から、中に灯がともっているのが見えたが、誰も出て来なかった。

登は根気よく戸を叩いた。その合間に、一度戸を引いてみたがあかなかった。中から心張棒をかっているらしい。やはり用心しているのだ、と登は思った。

ようやく戸の内側に人の気配が動き、どなたですかという声がした。

「私は立花という医者です」

まず登はそう名乗った。

「おちかさんですな？」

「………」

「弥五平長屋のおはなさんから、頼まれ物をして来たのだが、ちょっと中へいれてもらえんだろうか」

「………」

「怪しい者じゃありません。私は阿部川町からほど遠からぬ福井町で、叔父の小牧玄庵と一緒に医者をしている者です」

おっかさん、だれ？　という子供の声がした。それでもおちかは答えなかったが、やっと心張棒をはずす音をさせ、少し戸をあけた。

「ごらんのとおりの医者です。私一人です」

登は戸の隙間から、こっちを窺《うかが》っている眼にむかってそう言った。路地に流れ出ている家家の灯明かりで、登の姿はおよそ見えたはずだった。

やっと戸があいた。登は土間に踏みこんで頭をさげた。

「まずあやまらなければいけませんな。おはなさんには、会って話を聞いたが、頼まれ物をしたというのは嘘です。そう言わないと、ここをあけてもらえそうもなかったものでな」

女は上がり框《かまち》に膝をついたまま、黙って登を見つめている。それなら出て行けとは言わなかった。灯を背中に背負っているので、はっきりとはわからなかったが、三十にはまだ間がある年ごろの女だった。

おくれ毛が乱れ、頰がやつれているが、女は美貌に見えた。どこか凄艶《せいえん》な色気のようなものを身にまとっている女だった。

「頼まれたのは、あなたのおとっつぁんからですよ。あなたの行方をさがしてくれと頼まれた」

「何ですって？」

それまで黙っていた女が、急に言った。驚愕の表情を浮かべている。女は口早に言った。

「あたしには、おとっつぁんなどいませんよ」

「……」

今度は登がおどろく番だった。鋭く女を見た。

「おとっつぁんがいない？」

「ええ。子供の時分に死にました」

「捨蔵という男だがな、私にそう言ったのは。そうだ、こうなれば何もかも話しましょう。私は小伝馬町に勤める牢医者です」

登は、病気の捨蔵のこと、その捨蔵に頼まれたことを全部話した。

「面長で眼つきの悪い男だ。背は高いが瘦せている。いまは見るかげもないが、もともと瘦せておったな。そういう男におぼえはないかな」

「甚兵衛さんですよ、そのひとなら」

おちかが、かすかに身をふるわせてそう言った。

「甚兵衛？」

「阿部川町で、同じ長屋に住んだひとです」

そこでおちかは口をつぐんだが、思い切ったように言った。

「おそろしいひとですよ。人を殺しているんです、あのひと」

「おちかさん。その話をもっとくわしく聞かせてくれないか」

と登は言った。

三年前に、阿部川町の隣の正行寺門前の種物《たねもの》屋に賊が入って、一家五人のうち三人まで殺し、八十五両の金を奪った。その賊を、その夜たまたま下駄屋からの帰りが遅れたおちかが目撃したのである。

種物屋の潜り戸をあけて外に出て来た賊は二人。そのうちの一人がかぶっていた手拭いをとった。月の光に照らされたその顔が、甚兵衛だったのである。甚兵衛は、手拭いをとったあとで、反対側の塀ぎわに立ちすくんでいるおちかにすぐ気づいたようだったが、何も言わずに連れをうながして足早に立ち去った。

甚兵衛は翌朝になって、長屋の路地でおちかに声をかけて来た。命が惜しかったら、ゆうべのことは黙っていなよ、おちかさん。そう言ったのである。その時刻には、種物屋の惨劇は長屋にも知れわたっていて、おちかは甚兵衛の言葉にふるえ上がった。

十日ほどして、おちかは引越した。その前に甚兵衛も長屋から姿を消していたが、おちかは恐ろしくてその長屋にいられなかったのである。

ところが引越した先で、おちかは自分が誰かに見張られているのに気づき、転転と住居を替えた。見張りを振り切ったと感じたのは、下谷山崎町を出たあとである。

だがそれでも恐ろしさは消えず、そのあともあちこちと移って、いまはこの長屋にいる。

「ふーむ」

登は深ぶかと腕を組んだ。強い疑惑にとらわれていた。捨蔵こと甚兵衛は、何が目あてで、おれにこんな頼みごとをしたのだろう。

「捨蔵、いや甚兵衛かな。その男はあんたに会いたいと言っておったな」

おちかは、はげしく首を振った。おちかの顔にあらわれているのは、恐怖だけだった。

「その男、あんたを見張っていた男というのは、瘦せて背が小さい男じゃなかったかな?」

「さあ」

おちかは首をかしげた。

「はっきりとは見たことがないんです。言われてみれば、そんな気もしますけど」

「ここにはあらわれておらんのですな?」

「ええ。いまのところは……」

よく心張棒をかっておくように、と言って登はおちかの家を出た。狐につままれたような気持があって、落ちつかなかった。

捨蔵こと甚兵衛は、おちかをさがし出させて、何をやるつもりだったのだろう。おちかに会って、あらためて口をつぐんでいるように脅すつもりででもあったか。

――いやいや、そんなことじゃない。

やつは瀕死の病人だ。いまさらそんな手のこんだことをやるはずがない。

不意に、登は足をとめた。そこは今川橋の手前だった。登は全身の血が逆流するのをおぼえた。模糊とした霧のようなものが晴れて、突然にからくりが全貌をあらわしたのを感じたのである。おちかが見たもう一人の盗賊が、あの男なのだ。

――守宮《やもり》の助だ。

登は足を返して、夜の町を疾走した。捨蔵は、おちかという女の気性も人柄も知っていた。それで軽くおどしておけば、しゃべりはしないと思ったかも知れない。おちかのことは打っちゃっておいた。

だが助五郎は、そうは思わなかったかも知れない。おちかから眼をはなさず、引越せばあとをつけた。そして山崎町の長屋から先でおちかを見失うと、牢にいる捨蔵のところまで来て、おちかの始末を相談したのだ。捨蔵が死病に冒されているのを知って、命があるうちに始末をつけることだと、捨蔵を脅したかも知れない。

――それで、おれを使ったのだ。

捨蔵は岡っ引を頼んじゃいけないと言ったが、じっさいには岡っ引の手を煩《わずら》わすしかおちかをさがし出す手はないことを知っていて、かまわずにこのおれをつけていれば、いずれおちかの居場所がわかるとふんだのではないか。獄中の老賊が打った捨て身の隅返しだ。

その考えに間違いがなければ、捨蔵の相棒守宮の助は、今夜もおれのあとをつけていたはずだ。登は走りながら羽織を脱いで小わきにかかえた。全身に汗をかいていた。

——推測があたっているかどうかは、おちかの家にもどればわかる。

表通りから路地に入ると、登は足どりをゆるめ、呼吸を静めた。次第に足音をしのばせ、木戸を入った。

長屋は奥の二軒が、細ぼそと灯をともしているだけで、路地の中は暗かった。そろそろと登は前にすすんだ。おちかの家のむかい側の軒下をひろうようにして歩いた。その足がとまった。

おちかの家の戸のそばに、夜目にも黒い人影が貼りついている。両手をひろげ、ぴったりと羽目板に貼りついている姿は、言葉どおり守宮だった。守宮の助は、そうやって中の人の気配を窺っているように見えた。じっと動かないその背に、登は声をかけた。

「守宮の助だな」

黒い影が振りむいた。音もなく羽目板を離れたと思うと、助五郎は軽がると跳躍して登に襲いかかって来た。かすかな灯明かりに、匕首《あいくち》がひらめき、助五郎は体を転じた登の横を跳びすぎた。

だが助五郎は、登が身体を立て直す間もなく再び襲いかかって来た。腕を匕首にかすられながら、登は相手の腕をたぐるようにしたが、助五郎は苦もなくのがれた。だが逃げる気配は示さず、三度襲いかかって来た。

執拗で、すばしこい攻撃だった。足音も立てず襲って来る助五郎の匕首に、登は押された。腕をかすられ、肩を斬り裂かれた。だが、ついに好機が来た。脇腹をねらって突っこんで来た匕首を、紙一重でかわしたとき、助五郎の上体が流れた。

その背に、登の手刀が打ちこまれた。背骨の第六椎。電光と呼ぶ急所である。助五郎は倒れはしなかったが、たたらを踏み、振りむいたが棒立ちになり、次いでかばうように胸を曲げた。その胸の下に登は体をまるめてとびこむと、はげしい気合いとともに投げを打った。

闇の中を、助五郎の身体がとび、数間先の地面に音立てて落ちた。

登は腹ばって読んでいた好色本から、顔を上げた。玄関に、おちえが帰って来た物音が聞こえたからである。

——こういうことではいかんな。

座布団の下に好色本を抱えこみ、起き上がって机の上にひろげてある医書ににじり寄りながら、そう思った。だが、ひさしぶりの休みで、気がゆるんでいた。

守宮の助という男をつかまえた翌日、登は浅草の溜に行って捨蔵に会おうとしたが、捨蔵はその明け方息を引き取っていた。捨蔵の奇妙な頼みごとの真意が何だったのか、知りたいと登は思ったのだが、その真相を知る機会は永久に失われてしまったわけである。

つかまった守宮の助五郎は、何も言わない。奉行所の調べにも一切無言で通しているという話だったが、おちかをはじめ、多数の証人が助五郎の罪を数え上げている。いずれ死罪をまぬがれまい。

おちかには事件のあと、もう一度会った。阿部川町の長屋に帰りますと言ったおちかの、晴ればれとした顔が、登の胸を明るくしている。助五郎がつかまり、捨蔵こと甚兵衛が死んだことを知らされて、おちかはようやく長い恐怖から解き放たれたのである。

おちかの前に、当のおちかの命を狙う男を連れて行く役目を演じたわけだが、間にあってよかったと、登はその夜のことを考えるとひやりとする。

足音が、部屋の前を通りすぎて行く。

「おちえちゃんか」

登が声をかけると、なに？　と言っておちえが襖《ふすま》をあけた。

「新谷に手紙を渡してくれたか？」

「渡しました」

「それならそうと、言ってくれなくては困る」

と登は言った。以前ならここで早速ふくれっつらになるところだが、おちえはぺろりと舌を出しただけだった。

「何か言っておらなかったか？」

「何にも。お家のそばで渡したんだけど、新谷さまは女連れでしたもの」

「女連れ？」

おちえが去ったあと、登は茫然と窓の外にひろがっている青空に眼をやった。新谷弥助に何かが起こっていることはたしかだ、と思った。

——厄介な男だ。

登は舌打ちした。起こっていることが、かんばしいものではあるまいという気が強くしたのである。

幻の女

一

新谷弥助の家は、本所御竹蔵《おたけぐら》に近い作事方の組屋敷の中にある。たずねたが新谷は留守で、応対に出た新谷の嫂《あによめ》が、母が上がってくれと言っていると言った。

新谷の家は、父が十年ほど前に病死し、長兄の多一郎が跡目をついでいる。材木方改役という役目柄、登城のときは裃《かみしも》をつけるが、手当ては五十俵三人扶持で、家計は豊かとはいえない。

しかし多一郎も、喜久という名前の多一郎の妻女も、ごく実直な人柄で、つましい暮らしぶりにも不服は持たないようにみえた。その家の厄介者である弥助が、深川の遊所あたりをうろついているなどという話は、登には容易に信じがたい。

お茶を運んで来た喜久は、めずらしくちらと微笑して、ごゆっくりなされませと言った。多一郎夫婦は三十を越えていて、弥助や時どき弥助をたずねて来る登を、まだ子供とでも思うふうだった。いつだったか、弥助の部屋で話しこんでいると、喜久が弥助を部屋の外に呼び出して、駄菓子を買う金をくれたことがある。

喜久が部屋を出て行ってから、新谷の母親ははじめて口を開いた。

「弥助のことで……」

と言って、新谷の母は登をじっと見た。

「あなたにおたずねしたいことがありました。ちょうどようございました」

「はあ」

「このごろ、弥助は道場に行っておりますか?」

「はあ、それが……」

登は口ごもった。新谷の母は五十の半ばに達しているだろう。小柄で髪はかなり白くなっているが、その髪をひと筋の乱れもなく結い上げ、背はしゃきっとのびている。きびしい顔をしていた。

郷里の母に、年ごろも面ざしも似たところがあると、日ごろ登は親しんでいるのだが、今日の新谷の母にはこわい感じが出ている。何となく事実をそのままには述べにくいような気がして、登は言った。

「来てはおりますが、時どき休みます」

「やっぱり……」

「ご承知のように若松町の道場は、先生がもうご老体で、奥野さんと新谷、それがしの三人で稽古をつけておりますが、それがしは勤めがありまして、毎日出るというわけに参りません」

「……」

「したがって新谷が休むと、道場はたちまち手不足に相なりますので、何か稽古を休まざるを得んような事情でもあるのかどうか、一度問いただそうと思って来てみたのですが」

「そんな事情など、何もありませんよ」

新谷の母はかぶりを振った。ますますこわい顔になった。

「それでいつかも、家をたずねてみえたのですね？」

「……」

「立花さん、あなた弥助とお酒を飲むことは？」

「はあ、時どきは……」

「近ごろはどうですか？」

「……」

「はっきりおっしゃってくださいよ。つつみ隠さずに」

新谷の母は、にらむようなきつい眼で、登を見据《みす》えている。登は閉口した。弥助め、と思った。あいつの素行が乱れているので、こっちまで怪しまれているらしい。しかし、そこのところははっきりしておかねばなるまい。

「いや、近ごろは一緒に飲んだりはしておりません」

一緒に飲むどころか、新谷とはここひと月半ほども顔を合わせていないのだ。そうですか、と新谷の母は言った。

しばらく考えこむようにうつむいていたが、新谷の母はふいににじり寄るように膝をすすめ、声をひそめた。

「弥助はこのごろ、よく酒に酔って家にもどるのです」

「………」

「たった一度ですが、無断で家を明けたこともあります。もどらなかったのです」

「で？　そのときは？」

と登は言った。

「いつ帰って来ましたか？」

「次の日のお昼過ぎです。青い顔をして、眼を血走らせて、わが子ながらあさましい人相にみえ、腹が立ちました。それも、さんざんに叱って問いただしましたが、どこに泊ったとも言わないのですよ」

「ほう」

「立花さんに心あたりはありませんか？」

「いや、いや」

登は首を振った。新谷の母は、深いため息をついた。弥助の変りようをみて、登なら何がしか事情を知っているかと思っていたらしかったが、そのあてがはずれて、がっかりした様子だった。顔に途方にくれた表情が出ている。

「嫁は知っていますが、多一郎はそのことをまだ知らないのです」

と新谷の母は言った。肩を落とした身体《からだ》が、さっきよりひと回り小さくなったようにみえる。

登は黙ってうなずいた。多一郎とは時どき顔を合わせ、話したこともあって、まじめすぎるほどの人柄を熟知している。その多一郎が、弥助の近ごろの素行に気づけば、ひと騒動はまぬがれまいと登は思った。新谷の母の心痛はよくわかった。おそらく多一郎の目をおそれ、組屋敷の者の目をおそれて、女二人がひとかたならない心配の日を送っているのだと思われた。

「弥助には、ほかにつき合っている友だちはおりませんか？」

ふと思いついて、登は言った。

「あなたのほかにですか？」

「はあ、道場の者とはべつに」

「………」

新谷の母は首をかしげた。しばらくそうしていたが、ようやく一人思いついたというふうに、一人の男の名前を挙げた。

「この組屋敷に、松原さまという家がありますが、そこの徳之助というひととは、時どき会って話していたようですが……」

「そのおひとは、いま家におられますか？」

「いいえ、それがこの春に縁組みがととのいまして、村谷さまという御留守番与力を勤められる家に婿入りなさいました」

「ふむ、そうですか」

「立花さん、あなたはご迷惑でしょうが」

新谷の母は、またひと膝のり出すと、まるで登の手をとらんばかりにして言った。

「今度弥助が道場に参りましたときは、ぜひあの子をつかまえて、事情を問いただしてくださいまし。頼みます」

承知しました、と登は言った。しかし話を聞いてみて、弥助が道場に顔を出すなどということは、まず望みうすだな、という気もしていたのである。

松原徳之助、いまは婿になって村谷と姓が変った男の家の在り場所を聞いて、登はすっきりしない気持を抱いたまま、新谷の家を出た。女二人が心配そうな顔をならべて、玄関の外まで登を見送った。

二

——はて、どうしたものだろう。

新谷の家を出て、両国橋の方角に歩きながら、登は眉をひそめた。家の者に会ったら、何か事情が知れるかと思ったのだが、弥助の奇妙な変り方の謎は、かえって深まったような気がしている。

小伝馬町の牢の方は明け番で、登は道場に寄ってたっぷり稽古に汗を流してから、新谷の家に寄ったのである。道場で、師範代の奥野研次郎と弥助のことを話したときは、新谷の家でも事情がはっきりしないときは、深川の方に回ってみますかな、などと言ったのだが、時刻はそろそろ七ツ(午後四時)近くで、とても門前仲町まで足をのばすことは出来そうもなかった。

第一何のひっかかりもつかめないまま、深川の町をぶらついたところで、そこで新谷弥助と会えるとは思えなかった。村谷徳之助という男に一度会ってみたいという気がしたが、その家は深川の富川町そばにあるらしい。それも今日の間に合いそうもなかった。

——いったい、あいつどこで何をやっとるのだ。

橋を渡りながら、登は腹の中にかすかな怒気が動くのを感じた。

登も奥野も、弥助のことを気にしていた。直接には、弥助が出て来ないので道場の方が手不足になっていることがあるわけだが、それもさることながら、奥野が深川の町で地回りめいた男たちと一緒にいる弥助をみたというのが気がかりになっている。

いったいどういう事情になっているのか、一度は問いつめようと待ちかまえているのだが、本人が道場に出て来ないので聞きようもない。弥助の身の上に、何かよからぬことが起きているのではないかと、登も奥野もうすうすそう思って気遣っているのである。それに師匠の鴨井左仲には、まだ何も言っていないが、弥助の休みが長くなれば、いずれ師匠も気づかずにいまいと、登たちはひやひやしているのである。げんに道場の後輩たちは、ぷっつりと姿をみせなくなった弥助を不審に思うらしく、新谷さんはご病気ですか、などと聞く者もいる。

——病気どころか……。

あいつは同僚の心配をよそに毎晩飲んだくれて家にもどるらしい。おれがやった手紙にも、梨のつぶてだと登は思った。

日暮れ近い橋の上は、いくらか人が混んでいた。大川の上手はるかな空に、綿のかたまりのような雲がぽっかりと浮かんで、やわらかい日の光を浴びている。空気はあたたかかった。

むっつりした顔で、登は橋を渡り西の火除け地に入った。その広場は、八方の道が集まる場所なので、歩いて行く登の前後を、右往左往にひとが通りすぎて行く。その中に、目立つほど姿がいい娘がいた。米沢町の路地から出て来て、御門の方に歩いて行く。そう思って歩きながら見送っていると、娘が振りむいてにやりと笑った。従妹のおちえだった。

「何だ、おまえか」

興ざめして登が言うと、追いつくのを待っていたおちえは膨《ふく》れづらになった。

「何だとはなによ。誰と間違えたのよ?」

「まあ、怒るな」

登は苦笑した。

「どこへ行って来たんだ?」

「みきのところ」

みきというのは橘町にある種物屋《たねもの》の娘で、おちえの友だちである。おちえが、男友だちもまじえて上野だ、浅草だと遊び回っていたころの仲間だが、みきは早く遊び仲間から抜け、おちえもその仲間にまぎれこんで来たたちのよくない男にかどわかされるという、こわい思いをしてからは、いくらか身をつつしんでいる様子だった。

もっとも叔母がそういうだけで、登はみていないから、実態のほどはわからない。しかしまあ、種物屋の娘と会って来たというなら、ご清遊というわけだと登は思った。登はこの遊び好きの従妹に、ずっと半信半疑の気持を抱いている。

「なに、間違えたわけじゃないよ」

と登は言った。

「なかなかの美人が歩いていると思ったら、おまえさんだった」

「そんなふうに言われても、べつにうれしくなんかない」

そう言ったが、おちえは機嫌を直したようだった。

「登さんこそ、どこへ行って来たの？」

「新谷の家だ。おお、そうだ」

登は立ちどまっておちえを見た。

「この前、弥助に手紙をとどけてもらったな？」

「ええ、そうよ」

「そのとき、弥助が女連れだったとか言ったな？」

「うん」

「どんな女だったか、おぼえているかね？」

おちえは当惑したように登を見た。

「もう忘れてしまったなあ、あたし」

「少しはおぼえているだろう」

と登は言った。

「齢《とし》のころは？」

「さあ、二十《はたち》を過ぎてたみたいだったけど、ひとの齢なんか、わからない」

「別嬪《べっぴん》だったか？　それともおかめか？」

「下品な言い方」

おちえは顔をしかめたが、さすがに女で、そういうことは心にとめていたとみえて、すぐに答えた。

「きれいなひとだった。すごい美人」

「ふーん」

登は首をかしげた。

「それじゃ、弥助には似合わなかったろう」

「そんなこと言ったら、新谷さまに悪いじゃない？」

「丸顔か？　それとも細面かい？」

「なあーに、それ。人相書でもつくるつもりなの？」

　おちえは袂《たもと》をつかみ上げて口もとを覆うと、くすくす笑った。家の中では口をあけっぱなしで笑っているが、外だから体裁をつくっているのだ。笑いやんだおちえが言った。

「だんだん思い出した。細面の美人で、背丈は新谷さまほどあったわ」

「もうひとつだ」

　と登は言った。

「武家方の女だったかい？」

「いいえ」

「ふうむ、町方の女子《おなご》か。するとひとのかみさんか、勤め持ちかなんてことはわからんな。この見わけはちょっと無理だな」

「べつに無理じゃないわ」

　とおちえは言った。

「飲み屋の女よ、あのひと」

「え？　おい。いい加減なことを言うなよ」

「間違いないよ。あたしはそういうことならくわしいんだもの」

　ついこの間まで盛り場で遊び回っていたことを白状したような言い方だったが、

おちえは恬《てん》として恥じるいろもない。これだから、ほんとに心を入れ替えたのかどうか、わかるものじゃない、と登は思った。

「新谷さんは、飲み屋に借りでも出来たんじゃない？　女のひとに何か言われて、面白くもないような顔をしていたもの」

とおちえは言った。そして新谷のことはもう興味が失せたという顔になって、登の顔をのぞきこんだ。

「今日はどうしたの？　非番なの？」

「うむ」

「これからどうするの？」

おちえの顔には、ひまがあるのなら橋ぎわの水茶屋でお茶でも飲もうかといった表情が浮かんでいるが、登は気がすすまなかった。

「牢に帰るか、それとも福井町に寄ろうかと、思案していたところだ」

「家に寄ったら？　お母さんが待っているよ。裏のヒバがのび過ぎたから、枝を落としてもらいたいんだって」

「それじゃ、やめた。牢に帰る」

と登は言った。笑っているおちえに、遊んでいないで、まっすぐ家にもどるのだぞとひとこと訓示を垂れてから、登は背をむけた。

ついでにもう一度道場に寄って、奥野に新谷のことを報告しておこうという気になっていた。

三

ひととおり見回って、東の大牢の前まで来ると、登は同僚の土橋桂順に、どうぞお先にもどっていてくださいと言った。

その牢の中に、病人が一人いる。巳之吉《みのきち》という三十過ぎの男で、吟味は終って遠島の刑を言い渡され、島から来る迎えの船を待っている人間である。巳之吉を島に運ぶ流人船は、あとひと月足らずで来ると聞いている。

土橋を去らせると、登は附添いの筒井同心に軽く会釈した。筒井はうなずいて戸前口に近づくと、「巳之吉はいるか」と言った。すると牢の中から、勘蔵という三番役の声が、すぐに「巳之吉、これにひかえております」と答えた。勘蔵は、ついひと月ほど前に牢内の役持ちに上がったばかりで、その言い方には少し芝居がかったところがある。錠前をはずす筒井の手もとを、下男《しもおとこ》が提灯《ちょうちん》を近づけて照らした。

巳之吉は外鞘《そとざや》に出ると、下男が敷いた菰《こも》の上に、おとなしく仰むけに寝た。ひざまずいて腹に手をのばしながら、登が言った。

「どうだ？　少しはぐあいよくなったかな？」

巳之吉は、登に腹をさぐられながら、黙って首を振った。

「まだ、くだるか？」

「……」

「血はまじっていないな？」

「ええ」

やっと答えたが、巳之吉の眼は、暗い天井を見上げたままだった。きりっと引きしまったいい男ぶりをしているが、無口な男である。

登は静かに腹をさぐり、下男に灯を近づけさせて口中をあらため、丹念に皮膚を調べた。腹はぺちゃんこで、おどろくほどやわらかく、舌も白くなっていたが、巳之吉はここ二日ほど物を喰べていないのだから仕方ない。

しかし額にあてた手には熱の気配はなく、皮膚もそれほど乾いてはいない。

「おこまという娘がいたんだ、先生」

腹をさぐられながら、不意に巳之吉が言った。

「娘たって、おれがそいつと別れたのはこっちが十八、むこうが十五のときだけどよ」

巳之吉の眼が、登に笑いかけていた。登も笑い返した。

「美人だったのか？」

「美人というほどじゃなかった。顔は十人並みってえとこだが、何しろ気だてのやさしい子だった。あんなやさしい女には、そのあと会ったことがねえ」

「ふむ。で、いまはどうしているのかね、そのおこまというひとは」

「行方知れずでさ」

「……」

「一度はさがしたことがあったんだ。人なみに所帯を持とうかと思ったころによ」

「見つからなかったのか？」

「見つからなかった。もっとも……」

巳之吉の眼は、また暗い天井にもどった。

「こういうざまになってみると、あのとき見つからなくてよかったというもんだな」

「さあ、それはどうかな」

と登は言った。巳之吉の素姓は、世話役同心の平塚からうすうす聞いている。巳之吉はひところはぐれて、賭場《とば》にはまりこんだ人間だが、立ち直って足を洗った。それだけの気力のある男だったのである。

島送りと決まった今度の事件は、昔のつき合いのもつれから男二人を殺傷したことから奉行所につかまったのだが、非は巳之吉の側になく、刺された男たちにあったことが調べで明白になったので、島送りに刑を減らされたのだと聞いている。

「そのおこまさんとかいうひとにめぐり会ったら、今度のようなことは起きなかったかも知れんぞ」

登はそう言ったが、巳之吉はもう返事をしなかった。もとの無口にもどったようだった。

「どうかね」

巳之吉を牢にもどして、当番所の方に歩きながら、筒井同心が言った。

「はやり病いの心配は？」

「その心配はなかろうかと思います」

と登は言った。便に血がまじるようなこともなく、聞いてみると腹の痛みはほとんどおさまり、巳之吉はお粥《かゆ》を喰ってみたいとも言ったのである。

「渡した薬を飲んで、ひと晩寝たところでもう一度様子をみますが、おそらくそれでおさまるのでないかと思います」

「それはよかった」

と筒井は言った。筒井の声音にはほっとしたひびきがある。

急な腹くだしで、しかもみるみる衰弱した巳之吉をみて、牢役人たちは、あるいははやり病いが出たかと疑っていたのである。牢内ほど、はやり病いがすみやかにはびこる場所はない。役人の心配はもっともだった。

役宅のほうにもどると、登は同心詰所に寄った。入口を入ると、退屈そうな顔でこちらをみている平塚とばったり顔が合った。平塚の前に、畳に両手をついて平蜘《ひらぐ》蛛《も》のように這いつくばっているのは、平番同心の水野徳次郎だった。

べつに謝っているわけではなく、平塚が水野を相手に碁を打っているのだったが、おぼえ立ての水野が、碁盤を嘗《な》めんばかりにして長考しているので、平塚は退屈していたらしい。

「ま、じっくり考えてくれ」

水野の肩を叩いて言うと、平塚は救われたような顔で立って来て、登に上がってくれと言った。

「お茶など一杯、どうですか」

そう言って茶道具のそばに坐りこむと、平塚は自分でお茶をいれはじめた。登も畳に上がった。

「病人のぐあいは、どうです?」

平塚は、登にお茶をすすめながら言った。

「まだちょっとくだるようですが、むつかしい病気のようではありませんな。痛みはもうとまっています」

「そいつはよかった」

と平塚も言った。

「届け物の中に悪いものでも入っていて、野郎それにあたったかな？」

「届け物というと、持って来たのは女房か誰か、身内の者ですかな？」

「いや、あいつはひとり者でね。親もいない。届け物をして来たのは、たしか親方の家の者ですよ。うん、あの男は腕のいい蒔絵師《まきえ》だそうだ。今度のようなばかなことでもなきゃ、腕一本で喰って行ける男ですな。しかし島送りになっちゃ、おしめえだ」

登はうろおぼえの記憶を平塚にただしたが、記憶には間違いがなかった。巳之吉は南本所松坂町二丁目に住む蒔絵師日野屋慶斎の弟子で、奉公も終え、いずれ日野屋から分れて一人立ち出来る職人とみられていたのだが、二十半ばを過ぎたころに横道に逸《そ》れた。手慰みに凝ったのである。

手引きしたのは、そのころ日野屋に入っていた伊助という渡り職人だった。賭博に魅入られた巳之吉は、やがて日野屋にも居辛くなり、小さな蒔絵師の家を転々とする渡り職人の境遇に落ちた。

しかし四、五年経ったある日、巳之吉は突然に日野屋に姿を現わして詫びを入れた。親方の慶斎は鷹揚《おうよう》な人間だったので、すぐに許して仕事をさせたが、巳之吉の腕はさほど落ちていなかったという。

巳之吉は、悪い夢からさめて立ち直ったようにみえた。だが半年ほど経ったある日、日野屋に巳之吉をたずねて来た二人の男と、はげしい口論になり、巳之吉は男二人を刺し、その足で自身番に自首して出たのである。

「巳之吉は匕首《あいくち》を持っていなかったように聞いたが……」

「匕首を出したのは、朝蔵という相手の男だ。巳之吉はそいつを奪い取って刺したのですな」

「争いのもとになった、賭場のもつれというのは何です？」

「さあ」

平塚はぽりぽりとさかやきを掻き、まだ考えこんでいる水野の方を振りむいてから登に眼をもどした。

「おれもくわしいことは聞いちゃいねえのだが、巳之吉を博奕《ばくち》にひっぱりこんだ伊助という男が不義理をして、それが巳之吉の方にかぶさって来たとか聞いたなあ。金がからんでいた」

「……」

「一度悪い水に染まると、そこからきれいに足を抜くというのは大変なことさ。本人にはその気があってもな」

気の毒な男だ、と登は思った。自分の力で立ち直ろうとしただけに、遠い海のはてに浮かぶ島に行くことになった巳之吉があわれだった。

「船はいつごろ来ますかな」

「さあて、あとひと月ぐらいしたら来るんじゃねえか」

登は同心詰所を出た。うしろで平塚が、お前さん眠ってんじゃなかろうな、と若い水野をからかう声がした。

──おこまさんか。

詰所にむかいながら、登はさっき巳之吉が言った女の名前を思い出した。巳之吉が十八のとき、十五だったというから、おそらくそのひとは、いまはひとの女房で、二、三人は子供がいるという境遇だろう。

腹病みに耐え、ひと月後には来る流人船を待っている囚人が、暗い牢舎の中でひっそりと思い描いている女が、多分いまはひとの女房だというところがあわれだった。せめてその女がしあわせに暮らしていてくれればいいと登は思った。

左衛門河岸の八名川町に急な病人が出たので、登は叔父のかわりに薬籠《やくろう》をさげて家を出た。

四

両国の米沢町のはずれでおちえに会ったときがだめで、その次の非番の日は土橋によんどころない用が出来て、登はやはり福井町に帰れなかった。それで今日は朝の見回りが終ると、わき目もふらず叔父の家にもどって来たが、はたして叔母は用事を山と積み上げて待っていた。

裏の木の枝切り、玄関上の屋根の修繕、家の前のドブさらい、水汲みと、用事は次から次と出て来た。そういう仕事は、叔父に言ってもいい加減な返事でお茶をにごし、隙があればちょろりと家を抜け出して、吉川という酒のみの医者仲間のところに出かけてしまうので、すべて登に回って来るのである。

叔父の家は、その前に住んだ人間も医者だったとかで、家も大きく、玄関などはなかなか立派だった。井戸もちゃんと庭にある。しかし大きくて構えは立派でも、中身はボロ家で、廊下の板などぎいぎいいうし、玄関は軒が垂れさがっている。

修繕などといわれても登の手に余る仕事だったが、雨漏りをとめるだけでいいと言われて、登は尻をはしょり、梯子《はしご》をのぼって雨漏りの場所を直した。

それが終っても、まだ水汲みがある。これでは夕方まで息つくひまもないな、と思っているところに、急病人が出たという迎えが来たのである。叔父はめずらしく四、五人も病人が来ていて手が放せなかったので、登はこれさいわいと代診を買って出て家を出て来たのである。

——まったく人使いが荒いからな。

登は胸の中でぼやいた。叔父が何もやらないひとなので、叔母はしじゅう苛立っている。それでももっぱら登をあてにして、あれこれと力仕事を言いつける気持はわかるが、これでは体《てい》のいい下男ではないかと登は思うことがある。

若いから、これしきの仕事をさほど苦痛に思うわけではない。ただ獅子奮迅の働きに比して、少少見返りが少ないではないか、という不満が残る。牢屋勤めの報酬はたしかに安いが、しかしそれを喰い扶持と称して全部取り上げ、お小遣いよと渡す額がいかにも少なすぎないかと登は思うのだ。

喰い扶持といっても、出府してまるまる厄介になっていた当時とは違い、いまは大半は牢屋敷で飯を喰っている。叔父の家で喰うのは非番の日だけで、それも叔父夫婦やおちえより一段さがったおかずに甘んじ、台所で飯を喰うのだ。まるで下男扱いではないかという気持は、どうも正当に待遇されているとは言えないという感じから来る発想である。

下男かどうかはともかく、取りあえず月月の小遣いを、いま少し上げてもらう手はないものかと思案している間に、八名川町の蔵地に着いた。荘内藩の下屋敷の真西に、細長く連なる蔵町が八名川町蔵地と、久右衛門町蔵地で、南は神田川に面しているこのあたりの河岸一帯を左衛門河岸というのは、荘内藩主酒井左衛門尉《さえもんのじょう》の名を取っている。

急病人というのは、蔵地を抜けてすぐの佐久間町にある戸塚屋という履物屋の孫娘だった。少しは新しい医術もかじった登からみると、叔父の診立《みた》ては古くさく、手当てにも納得がいかないところがあるが、ダテに二十年余も医者をしているわけでもない証拠に、けっこう叔父の手当てで治ったという病人が多いのである。

戸塚屋も、むかしから叔父をかかりつけの医者に頼んでいて、主人は登に、うちの者はみな玄庵先生のお手当てで治してもらっていますと言い、なかなかの信用だった。

孫娘の病気は腹痛で、急に吐いたりしたので、おどろいて使いを寄越したらしかったが、登が着いたときには、腹痛はあらましおさまり、まわりの心配顔にくらべて、子供はいたって元気だった。登に腹を撫でられると、けたたましく笑い出したりした。

喰べたものを吐き、少しは腹をくだしたということだったが、熱もなく、舌も荒れていなかった。登は薬を調合してあたえ、念のため夜は粥にするように言いおいて、履物屋を出た。

――巳之吉が、おこまという女をさがしたというのが、この町だったな。

町を歩きながら、登はふとそう思った。子供の腹病みから、自然に巳之吉のことを思い出したようだった。

巳之吉の腹病みは、登の診立てにたがわず、間もなく治った。いまは普通の盛相《もっそう》飯《めし》を喰っている。無口な囚人は、粗末な盛相飯を喰い、あとはうす暗い牢の中にじっとうずくまって、島から来る迎えの船を待っているのである。

見回りのついでに、登は時どき巳之吉に声をかけるようになった。普通は治った病人にそこまですることはないのだが、巳之吉がおこまという女の名を口にしたときから、登にとって巳之吉は何となく気にかかる人間になったようである。

一度はまっとうな道に立ちもどったものの、結局は身を浸した悪の世界に足をすくわれて、島に流されることになった男の気持はどんなものかと思うのだ。

登が声をかけると、巳之吉は黙って格子のそばに寄って来る。相かわらず無口な男だったが、おこまという女のことになると、巳之吉は低い声でかなり長くしゃべった。

おこまは巳之吉の幼馴染みだが、同じ町の生まれではなかった。十の時に、よその町から引越して来た。父親は指物師《さしものし》だった。よその町から来たせいもあったかも知れないが、おこまはおとなしい子供だった。遊びに加わっても、一歩みんなのうしろに控えるようなところがあった。

巳之吉がおこまと一緒に遊んだのは、そんなに長い期間ではない。巳之吉は、十四の齢には日野屋に奉公に入ったから、正味のところを言えば一年ぐらいである。それに男の十三、四という年ごろは、もう女の子と無邪気にさわぎ回るような齢ではない。男同士で、もっと悪い遊びにふけっていた。

それにもかかわらず、巳之吉の心には、おこまの面影が濃く残った。一年に二度藪入り《やぶいり》で自分の町にもどるのが楽しみだった。おこまに初詣でもらって来たという蔵前の八幡宮のお札をもらったのは、十八の正月である。そのときおこまは藪入りで家に帰っていた巳之吉をたずねて来て、軒下でお札を渡すと、ひっそりと夕闇の中に消えて行った。

そして巳之吉が次の藪入りで帰ったときには、指物師の父親と一緒に、その町から姿を消していた。誰も行方を知らなかった。

「こんなことを話すと、おこまという女と何かあったかと思うかも知れませんが、じつのところは何もなかったんでさ」

巳之吉は低い静かな声で、ただおこまには母親がなく、おれは両親に死なれて、伯父の家に養われていたから、似たところはあったな、と言った。

「そのおこまさんをさがしたというのは、いつごろのことかね」

「二十六のときでさ。親方に、そろそろ所帯を持ったらどうだと言われてね」

しかしその気になってみると、巳之吉にはおこま以外の女と所帯を持つことなど考えられないように思えて来たのである。むろん手遅れだった。三つ年下でしかないおこまは、とっくにひとの女房になっているだろうし、第一その行方も知れないのだった。

手遅れだとさとったが、巳之吉は自分のその気持に始末をつけるために行方をさがしたのである。住んでいた町の者は、誰もおこま親子の行方を知らなかった。親子は夜逃げのようにしてその町から姿を消したのだが、その事情を知る者もいなかった。だが、細い糸のような道が残されていた。巳之吉はおこまの父親が職人で働いていた指物師を突きとめたのである。

――その糸をたぐって、巳之吉はこの町まで来たのだ。

親子は、なぜか転転と住む家を替え、この町に来た。そこで父親が死に、おこまは今度は一人でこの町を出て行った。そのときおこまは二十一で、まだひとり身だったことを巳之吉は確かめている。

「そのあとは、ぷっつりと消息が絶えちまいましてね。あっしにゃさがし出せなかった」

「あんたが手慰みに凝ったのは、そのせいかね」

「いや」

と巳之吉は言って、登をじっと見た。底光りする眼に、この男が一度は世の裏側に足を踏みこんだことがあることを思い出させるものがあらわれていた。

「いろいろとありやしてね。それとはかかわりござんせんので」

巳之吉はそう言うと口をつぐんで、顔をそむけた。暗い横顔にみえた。

新《あたら》シ橋の袂《たもと》に出て、河岸伝いに荘内藩下屋敷の塀が見える場所まで来たところで、登は立ちどまった。少し思案した。

――いそいで帰ったところで……。

水汲みと庭掃除が待っているだけだと、登は思った。あんなものはおちえにでもやらせるといいのだ。

薬籠をさげたまま、登は河岸を引き返した。佐久間町に入ったところで、通りすがりのひとに聞くと、甚平長屋の場所はすぐにわかった。そこが、巳之吉がおこまの最後の消息を聞いた場所である。おこまは、そこから一人で出て行って、そのまま足跡を絶った。

佐久間町四丁目裏町を北側から入った路地の奥に、型どおりの貧しげな軒を並べているのが甚平長屋だった。路地を子供たちが走り回っていて、その子供たちを、井戸端に仁王立ちになった四十がらみの女房がどなりつけている。顔を赤くして怒っているのは、ただうるさいだけでなく、走り回る子供たちが女房にぶつかるかどうかして、仕事の邪魔をしたらしい。女房は井戸端に鍋釜から、漬け物の樽のようなものまで積み上げて洗っていた。

登の姿に気づくと、女房は間が悪そうな顔になって、何か用かとたずねた。

「古いことを聞きに来たのだが……」

と前置きして、登はおこまの名を言い、ざっと七、八年前にこの長屋を出て行ったはずだが、その後の消息を知らないかと言った。

「父親は惣六といって、指物師をしていたおひとだが、この長屋にいる間に病気で死んだそうだ。娘のおこまは、それからしばらくして、ここから出て行ったと聞いたのだが」

「めずらしいひとのことを聞くねえ」

女房は、じっさいにめずらしそうに、登をじろじろと見た。

「ええ、知ってますよ。惣六というひとが死んだときは、長屋のひとみんなでお葬いを出してやったんだから。おこまさんもいい娘だった。せっせと内職にはげんでね」

「ここから、どこへ行ったかは、わかりませんか」

「それがわからないんだよね。そうねえ、なにしろ古いことだから、はっきりとはおぼえてないけど、たしかふっとここを出てったんだよ。夜逃げというのじゃないだろうけどさ、ある晩急に荷物をまとめて出て行ってしまったんだ。男が二人手伝いに来てたようだと、誰かが言ってたっけ」

「男？」

「ええ。それも不思議な話でさ。身寄りはないと聞いてたし、それにおこまさんというひとがよく出来たおとなしいひとで、男づき合いがあるような娘じゃなかったんですから、不思議だ、不思議だってさ、みんながそう言ってさ」

「なるほど、不思議な話だな」

「もっともそのころ、おこまさんはもう二十を過ぎてた。男がいたって不思議はない齢さね。あたしらに見えなかっただけかも知れないけど」

「それっきりですか？」

「そう、それっきり。大家さんも行先は知らなかったみたいだね」

女房はそう言ったが、急にちょっと待って、と言った。女房は血色のいい丸顔にしわを寄せ、もう一度ちょっと待ってねと言った。

「誰かが、そのあとでおこまさんを見かけたとかいう話してたの聞いたな、あたし」

「いつごろの話かな」

「だからちょっと待って、いま思い出すからさ」

女房は手を腰にあてて宙をにらんだが、不意に肉の厚い手をはたと打ち合わせた。

「松ちゃんだよ。長屋に松五郎ていう半ぱ大工がいるんだけどさ。そのひとが深川の何とかいうところで、ばったりおこまさんと顔を合わせたそうだよ」

登は黙って女房の顔を見つめた。もどって来たのは無駄ではなかったのだ。ぷっつりと切れたようにみえた糸が、もう一度つながりそうな予感があった。

「そうそ、だんだん思い出した。あたしゃなんて頭がいいんだろ。松ちゃんがそう言ったのはそんなにむかしのことじゃなくてさ。二、三年前だよ、たしか」

「その松ちゃんというひとに会いたいんだが、いますか?」

と登は言った。

「いまは稼ぎに出てるけど、途中で酒でも飲まなきゃ、もうじき帰って来るわ」

五

次の非番の日に、登は通称馬場通りという、深川の黒江町から門前仲町に抜ける道を歩いていた。大工の松五郎が、おこまと顔を合わせ、話をしたという料理屋をたずねて来たのである。松五郎は伊勢甚というその料理屋に、客で来たわけではなく、親方と一緒に離れの修繕仕事に入っていて、そこの女中をしていたおこまに出会ったのであった。

——うまくいてくれればいいが……。

登は、そのことを話してやったときの巳之吉の顔を思い出している。巳之吉は黙って登の話を聞いていた。非番の日に、一度たずねて行ってみてもよいという登の言葉にも、そいつはどうも、と言って軽く頭をさげただけである。

だが巳之吉の顔に浮かんでいたのは、隠しきれない喜びのいろだった。登を見た眼にいつもの暗さがなく、巳之吉は素顔をさらけ出したような表情になっていた。かりにおこまの消息がわかったところで、手遅れだろう。巳之吉は間もなく来る流人船を待っている男だったし、第一おこまという女が、十年以上も前に別れた巳之吉をおぼえているかどうかもわからない。そしてまた、おこまが巳之吉のことをおぼえていたとしても、お互いに境遇が変ってしまったいま、女が男にどれほどの関心を示すかもわからないことだった。そういえばそういうひとがいたっけ、へえ？　あのひと牢屋にいるの、ということになるかも知れなかった。

つまるところ、おこまという女をさがし出すことは、その先にさほどの稔りも期待出来ない仕事に思われたが、登はそこまでは考えずに、巳之吉のためにおこまの所在をつきとめたいという気持になっていた。

そういう気持にさせたのは、巳之吉が一度は裏の世界から足を洗おうとした男だということとかも知れなかった。それを果せないで、遠い島に流されて行く男があわれだった。その男が、ただ一人心の中に思い描いている女を見過ごしに出来ない気持がある。

流人船には、お目こぼしという慣例がある。囚人を積みこんでから、船は鉄炮洲《てっぽうず》の沖に三日間とどまり、その間に囚人の身寄りの者が会いたいとのぞめば、それとなく会わせる。

若い登は、巳之吉が島に流されると知ったおこまが、お目こぼし願いの小舟に乗って、流人船に漕ぎ寄って行くところまで考える。巳之吉が、おこまはやさしい女だったと言ったからだが、そこまでは無理としても、おこまがいまどこでどう暮らしているとわかれば、それをみやげに、巳之吉は安心して島に行けるのではないかという気がするのである。そして、ここまでかかわり合ってしまうと、登自身の心の中にも、一度はおこまという女と会ってみたい気持が動いていた。

火ノ見櫓《やぐら》の前を通り過ぎて、登は表通りから自身番横町に曲った。このあたりは、以前二度ほど、新谷弥助に誘われて来たことがある町である。登は思わずあたりを見回す眼になったが、八ツ（午後二時）さがりの町は、歩いている人間も少なく、四月はじめの気だるいような日射しが道を染めているだけだった。

伊勢甚は、やっと店を開けたばかりで、玄関先はまだ打水で濡れていた。登の姿を見て、帳場にいた若い男が立って来たが、おこまの名前を言うと、そういうひとはいないと言った。

「ひょっとしたら名前を変えているかも知れないのだが……」

登はそう言って、おこまの齢のころ、また巳之吉や佐久間町の長屋の女房、松五郎の話などから、漠然と胸の中に思い描いている女の姿を口にしてみた。

若くて色の白い男は、困惑したように登を見ていたが、案外に親切な男で、いまくわしいひとを連れて来ると言って奥に引っこんだ。

――四年も前のことだというから……。

登はうす暗く、ひっそりしている料理屋の家の中を眺めながら、そう思った。血色がよく大きな身体をした女房は、二、三年前のようなことを言ったが、その後松五郎という男に会って聞いたところでは、おこまをこの料理屋で見かけたというのは、四年も前のことだったのである。

登が、にわかに自信を失ったような気分で立っていると、さっきの若い男が三十半ばの太った女を連れて来た。

「ここの女中頭をしている者ですけど、どなたさんですか」

女は襷《たすき》をはずしながら言った。

「立花といいます。医者です」

「お医者さん？」

女は最初から登を客とはみなかったらしく、迷惑そうな顔をした。

「何かおたずねがあるそうですけど、いまいそがしくしてますからね。手短かに頼みますよ」

「そこの方にもおたずねしたのですが……」

登は帳場に戻った若い男をみながら言った。

「おこまというひとを探しています」

「そうですってね。でも、おっしゃるようなひとは家にはいませんよ。たいがい若い子ばかりで、二十五より上のひとといえば、あたしのほかにおまささんがいるだけですから」

「四年前には、たしかにこちらにいたというひとがいるんですが、こちらからよそに移ったかも知れません。おぼえていませんか」

「四年前ねえ……」

女は丸いあごを胸にうずめた。すると見事な二重あごになった。

「おふさのことかしら」

しばらく考えてから、女は顔を上げてそう言った。

「背はあまり高くなくて、ほっそりしたひとだって？」

「ええ、それに美人というのじゃなくて、十人並みの顔立ちだったそうです。おとなしいひとだったと聞いてます」

「おふさだよ」

と女は、今度ははっきり言った。登を見た眼のいろが、急につめたくなったようだった。

「そのひとなら、一年もいないでこの家を出て行ったひとですよ。あたしは、もう忘れてた」

「こちらからどこに行ったか、わかりませんか？」

「知ってますよ」

女の顔に、はっきりした冷笑がうかんだ。

「ここから眼と鼻の先。横やぐらといっても、裏の裾つぎに近い方だけど、有明とかいう小料理屋があります。小料理屋たって、何やってるかわからないという噂がある家だけど、そこに移ったと、ほかの子に聞いたおぼえがありますよ」

「有明ですか」

「あんた、お医者さんだそうですけど、おふさの身内の方か、なにかですか？」

女は逆に聞いて来た。

「いえ、そういう者じゃなくて、ひとに頼まれてたずねて来たのです」

「そう。それなら教えて上げますけど、おふさというひとは、伊勢甚の顔に泥をぬって、この店を出されたひとですよ」

「……」

「酔ったお客を介抱するふりをして、財布を抜こうとしたのです。じゃ、あたしはこれで失礼しますよ」

「ちょっと待ってください」

登は襷をかけながら背をむけた女を呼びとめた。

「おこま、いやおふさと言っていたそのひとですが、男がいたんじゃないでしょうか？」

「知りませんね」

女はけんもほろろに言った。

「そういうことなら、そちらさんの方がくわしいのじゃございませんか？」

気の毒そうにこちらを見つめている若い男に礼を言って、登は伊勢甚を出た。理由のないはずかしめをうけたような、不快な気分につつまれていた。

——あまり首を突っこまない方が、いいのじゃないか？

横町から表通りに出る途中で、登は立ちどまった。悪い予感がした。よく知っているとは言えないが、このあたりがどういう町かぐらいの知識は、登も持ちあわせている。町はまだ気だるげな昼の光に包まれて、歩いて行くとどこからか花の香さえ匂って来るが、夜になればここは歓楽の町に変る。女をもとめる男たちが右往左往し、女たちは媚《こび》となめらかな肌でそういう男たちをからめ取り、懐にある金を残らず吐き出させようとする。

だが夜の町に迷いこんで来る男たちをからめ取るのは、じつは白粉《おしろい》の香の濃い女たちではなく、そのうしろで女を操っている男たちだった。その男たちは、自分たちにとって不都合なことでも起きないかぎり、客の前に姿を見せたりしない。そう聞いている。

——男がいるのだ。

と登は思った。おこまのうしろに男がいるということなら、もうこれ以上の詮索は無用だし、無駄だという気がした。おこまが、佐久間町の長屋を出た夜、手伝いに来ていた二人の男というのを思い出していた。そういうことなら、おれの手にあまる。

登は歩き出そうとした。だがそのとき、突然に巳之吉の顔が胸にうかんで来た。巳之吉は、博奕に日を暮らし、人を刺したこともある男とも思えない、ほとんど無邪気なほどの喜びを露《あら》わにした顔で、じっと登を見つめている。その顔を登はしばらく見つめた。

――乗りかかった舟か。

歩き出しながら登は思った。結果がどうあれ、やはりおこまの行方をつきとめるほかはないような気持になっていた。いそぎ足に、登は櫓下にむかった。

夕方、登は岡場所大新地の路上を、とぼとぼと歩いていた。疲れ切っていた。おこまは転転と住《す》み処《か》を替えていた。横やぐらの有明という小料理屋にいたのは半年ほどで、おこまは次には隣の裾つぎに移っていた。そして次にはまた伊勢甚からさほど遠くない料理屋にもどり、そこには二年ほどいたことがわかった。

そして今度は新石場に移り、半年ほど前には大新地に来たのである。だが不思議なことに、おこまは女郎になった形跡はなかった。中身はどうかわからないが、ともかく小料理屋の看板を掲げているような店を転転としていたのである。

だが、おこまの足あとは、大新地でぷっつりと絶えていた。新石場から移って来た店の名は山吹とわかっている。いかがわしい匂いはするものの、体裁は小料理屋だった。だが、登が会ったおかみだという女は、登の言うことに首をかしげるばかりだった。最後には、そういうひとはこの店に来たことはないし、このあたりでそういうひとを雇ったということを聞いたこともないと言った。

——女郎屋か。

と登は思った。山吹に雇われたと言って、新石場を出たが、おこまは今度こそ女郎に身を落としたのではないか。そうだとすれば、今度の非番の日に、もう一度ここに来て、聞いて回らねばなるまい。

その男たちに跟《つ》けられていたのに気づかなかったのは、やはり歩き疲れていたからに違いない。気づいたときには、登は三人の男に囲まれていた。向かいの中島町に渡る橋のそばまで来たときだった。

男たちは、もう刃物を抜いていた。日が落ちて、空にはわずかにひと刷毛《はけ》ほどの黄色い光が残っているだけで、男たちの顔はよく見えなかった。しかし屈強な身体つきだけはわかった。

「おこまをさがして、半日もこの界隈《かいわい》をうろうろしてたそうだな」

正面にいる男がそう言った。圧《お》し殺したような低い声だった。

「てめえ、いったい誰だい？　どっから来た？」

「ちょっと待った」

と登は言った。

「べつに怪しい者じゃない。あるひとに頼まれて、おこまさんに一度会いたいと思って来ただけだ」

「あるひととは誰のこったい？」

「名前だけはかんべんしてもらおう」

言いながら、登は男たちに知れないように、そっと羽織の紐をはずした。

「おこまさんの昔馴染みだ。惣六さんというおとっつぁんのこともご存じで、おこまさんのことを案じていた」

「嘘つきやがれ」

男は同じ調子の低い声で言った。

「よけいなことに首を突っこむのはやめな。やめねえと、痛え目をみるぜ」

「そうはいかん。おれは明日も来るつもりだ」

「野郎」

「お前さんたちが、おこまさんを隠しているのなら、ちょうどいい幸いだ。ここで教えてもらおうか」

登がそう言ったとき、いきなり背後の空気が動いた。身体をぶちあてるようにして、うしろの男が匕首を突きかけて来たのである。体をかわして男の腕をつかもうとしたとき、左右から男たちが殺到して来た。男を突き放して逃げると、登は掘割を背にして手早く羽織を脱いだ。

男たちは無言で三方から迫って来る。うす闇の中に、三本の匕首が無気味に光った。その一本の匕首にむかって、登は高く跳躍した。男が一人横転した。爪先の蹴りで、手首が折れたはずだが、闇に沈んだ男は声を立てなかった。

ひと息つく間もなく、残る二人が襲いかかって来た。脇腹をかすられたのを感じながら、登はすれ違いざまに一人の男の肋《あばら》三枚目に手刀を叩きつけ、闇にのがれた。執拗に、もう一人が追いすがって来た。

六

政之助という岡っ引は、背筋をのばした姿が鶴のように痩せて、白髪が上品な老人だった。

八名川町の藤吉の紹介で来たと言うと、すぐに上にあげ、登の言うことをじっと聞いた。その間に、政之助の連れ合いらしいやはり白髪の女が、無言でお茶をいれて、店の方に出て行った。店は、岡っ引という商売には似つかわしくない駄菓子屋で、店先から子供の声が聞こえる。

「襲って来たのは、三人ですか？」

話を聞き終ると、政之助はそう言い、登にお茶をすすめた。

「姿かたちとか、顔は？」

「それがもう暗かったもので、よく見えなかったのですよ」

襲って来た影のような男たちは、登に手首を折られ、肋骨《ろっこつ》を打たれながら、這うようにして闇の中に逃げ去ったのである。

「ああ、いやおよその見当はつきます」

「見当というと、あの男たちの？」

「そうです。ただ証拠がないのでね」

「証拠？」

「おこまと組んでいたという証拠ですよ」

「………」

登は老人の顔を見つめた。

「すると、先夜私を襲って来た男たちは、おこまというひとにそそのかされたとでも？」

「いや、いや違います」

老人は首を振って、登をじっと見た。

「それで？　先生はこれから、また大新地に行かれるつもりで？」

「はあ。ああいうことがあっては、これはぜひともおこまというひとをさがし出さないことには、気が済まなくなりました」

「しかし、おこまなら、もう大新地にはいませんよ」

政之助はそう言ったが、急に苦笑して、ごめんなさいよ、いつもこういう持って回った言い方をしちゃ、ばあさんに叱られていると言った。老人はまじめな顔になった。

「いや、灯台もと暗しとはよく言ったものですな、先生。おこまなら、いま小伝馬町の牢にいますよ」

「……」

登は茫然と老人を見つめた。老人はゆっくりうなずいてみせた。

「あたしがこの手でお縄をかけました。ひと月ほども前ですが、もう御吟味も済んで、小伝馬町に移ったはずですよ」

「何をやったんです？」

「客を酔わせて、懐から財布を抜いていたのですな。いや、露《あら》われたのは一件だけですがね。どうもたびたびやっていたらしくて、それもおこま一人の出来心というものじゃない。ちゃんとお膳立てした形跡があって、うしろには男たちもおれば、山吹のおかみも一枚嚙んでいるという仕事らしい」

「……………」

「山吹のおかみにお会いになったそうですが、どうでした？　喰えない感じの女子だったでしょう？」

登は、おこまとかおふさとかいう女は知らないと、愛想もなく繰り返した、顔色の悪い女のことを思い出していた。

男たちが、懐のあたたかそうな連中に眼をつけて、山吹に誘いこむ。おこまが金を抜き取ったあと、気がついてあばれ出す客があれば、男たちが外に引きずり出して半死半生の目にあわせる。

酔いがさめてから、はかられたと思う客もいるのだが、何しろへべれけに酔っている間のことで、抜き取られたのか、男たちが言うように途中で落としたのかはっきりしない。そういうことで泣き寝入りした客がだいぶいる模様だと政之助は言った。

「おおよその見当はついているのですが、なにせまだ証拠がつかめていません。そこで取りあえずおこまだけをしょっぴいて、様子をみているところですよ」

「………」

「それじゃおこまがかわいそうだとおっしゃるかも知れませんが、なかなかどうしてそんなもんじゃありません。おこまはあんなところに働きながら、借家ですが奥川町の万徳院のそばに一軒、家がありましてね。ぜいたくに暮らしていました。亭主もいます。五つも年下でまるで働きのない遊び人ですが、男ぶりだけは役者のような男を養っていたのですよ。だから男たちに使われていたというのは、ちょっと違いますな。組んでいたというのはそういうことですよ」

「おどろきましたな」

ようやく登は言った。深ぶかとため息を吐き出した。

「それで、何ですか？　おこまは打首にでもなりますか？」

「いや、そこがあの連中の喰えないところでしてね。かりに十両持ってる客なら、八両頂いてあとは財布にもどしておく。そういうやり方をしていた」

老人は痩せた喉をふるわせて笑った。

「おこまだって、ひと筋縄の女子じゃありません。役所じゃだいぶきびしく調べられたはずですが、白状したのは五両ほどの盗みひとつだと聞きました。打首どころか、五、六年も経てば、またはじめますよ」

「おこまのことですが……」

登は声をひそめて聞いた。

「はじめから、ずっとそういうことをやっていたものですかな？」

「いや、はじめのころはね。先生のさっきの話にも出た伊勢甚に女中に入ったところなどは、なかなかよく働く女子で、おかみにもかわいがられていたそうです。しかし、そのうちにまわりに男の影がちらつくようになったと言ってましたな」

「男というと？　その役者のような亭主のことですか？」

「いやいや、もっとたちの悪い男たちです。おこまの父親の惣六というのは、腕のいい指物師だったが、むかしに一度盗みを働いて、腕に入墨を入れられた男だった。その父親のむかしの仲間が現われたのですよ」

富吉町にある政之助の家を出ると、登は永代橋にむかった。うるんだような晩春の光が町を照らし、行きかう人びとは足どりも軽くすれ違って行く。いい日和だったが、登はかなり気が滅入っていた。

日はまだ高いが、どこにも寄らずまっすぐ小伝馬町に帰るつもりになっていた。しかし巳之吉にどう話したらいいものかと登は思った。

——まさか同じ牢の中に、おこまがいるとも言えまい。

思案に倦《う》んで、登は橋の途中に立ちどまった。もの憂げな日射しは、ゆるやかにうねる川水にも射しかけていて、はるかな下手に、黒いつぶてのように鯵刺《あじさし》が乱舞しているのが見えた。

翌朝の見回りは、病人もいないので土橋と二人きりだった。ひととおり声をかけて回り、大牢の前まで来たとき、登は格子に身体をすりつけるようにして、こちらをのぞいている巳之吉に気づいた。

巳之吉は、昨日登が非番だったのを知っていて、昨夜の見回りのときに何も言わなかったので、今朝は待ちかまえていた気配だった。登は土橋を先に帰らせると、牢格子に顔を寄せた。

「昨日も、深川に行ってみたのだが……」

「相済みませんでした、先生」

巳之吉はぺこりと頭をさげた。

「先生のおみ足をわずらわせるなんて、とんでもねえこったとわかってますが、なにせ、日にちがないもんで」

「おまえさんの気持はわかっておる」

「で、どんなぐあいでした？」

「それがさ、うまくないのだ」

重苦しい気分を隠しようもなく、登は低い声で言った。

「伊勢甚から先の足どりが、さっぱりつかめんのだな」

「さいですか」

みるみる巳之吉の顔を落胆のいろが覆うのが見えた。

「やっぱり無理でしょうな」

「船が来るまで、まだ十日ほどは間がある」

と登は言った。

「その間に、こっちももう少しさがしてみよう」

「いや、先生」

巳之吉が顔を上げた。意外にさっぱりした表情になっていた。

「もう、これ以上ご迷惑はかけられません。あきらめました」

「あきらめるのは早かろう」

「いえね、あっしのような者のために、先生が骨折ってくだすった。それで十分でさ。ありがとうござんした」

「………」

「土台無理なんだ。なにしろ十年以上も会ってねえ女だ。そう簡単にめっかるはずはねえ」

「………」

「それに、あっしもいろいろと考えたんだ、先生。かりにめっかったとしてもよ、相手はもうとっくに所帯持ちだろうし、ひょっとしたら、五人も六人も子供がいるかも知れねえ」

巳之吉はめずらしく小さな笑い声を立てた。

「伊勢甚じゃ、おこまを何て言ってましたかい？　先生」

「よく働く女子だったとほめていたな」

「そうでしょうとも。あいつはそういう女なんだ」

巳之吉は力をこめてうなずいた。

七

東の口揚り屋牢を、遠島部屋とも呼ぶ。翌日流人船に乗せる囚人を、その前日のうちにこの牢に移しておくからである。巳之吉は遠島部屋に移された。

登が夜の見回りに行くと、巳之吉が声をかけて来た。

「先生、ありがとうござんした」

と巳之吉は言った。囚人は牢での最後の夜に酒をとることを許される。島に送られる者は一人二分の金をもらえるので、その中から四百文を借りて酒食をとるのである。

巳之吉もそうしたらしく、かすかに酒の香がした。その酒の香で、巳之吉は流人という身分を露わにしていた。

「未練たらしいことを言うと思うかも知れませんが、もしこのあと、どっかでおこまに会うようなことがあったら、あっしが島に行ったことを話してやっちゃくれませんか」

「よし、わかった」

「もっとも、むこうはこっちのことなど忘れてるかも知れねえな」

「そんなことがあるものか。ちゃんとおぼえているよ」

と登は言った。しかし巳之吉はそれには答えずに奥の闇の中に姿を消した。

ひと晩明けた朝、奉行所から引き渡し出役の与力と同心が来て、島に行く囚人たちは牢前に引き出された。三井という鍵役同心が、一列に並んだ囚人たちと出牢証文を照らしあわせながら、名前、肩書、齢、入牢の日、掛り役所などを確かめ、それが終ると、囚人たちは与力、同心につき添われて裏門から出て行った。一行はそこから霊岸島の御船手番所に行き、囚人たちはそこで出役の与力の手から御船手頭に引き渡され、待っている流人船に乗るのである。

登は土橋と一緒に、中庭の井戸のそばに立って囚人たちを見送った。巳之吉は一列の囚人たちの中にいて、空を見ていた。登には気づかないのか、裏門にむかって姿を消すときも振りむかなかった。

その日の夕方、登は女牢をのぞくと、牢名主のおたつを呼んだ。

「何か用ですか、先生」

「近ごろ、ぐあいはどうだね」

おたつは同房の女囚たちはおろか、牢役人にもおそれはばかられている女だが、癪《しゃく》持ちだった。それが起きると、夜の夜中も我慢出来ずに登を呼ぶので、日ごろ登を徳として身内のような口をきく。

「それがさ」

おたつは男のような声で笑った。

「あったかくなったせいか、近ごろは例のやつが起きないんだよね。たまには先生の手で、腹を撫でてもらいたいのにさ」

「おまえの言うことは、淫《みだ》らでいかん」

「ハハハ」

おたつは大口あけて笑った。

「ところで、ほかにご用がおありなんでしょ?」

「おこまという女がいるか?」

「あの女がそうさ」

おたつは戸前口に近い畳の上に、ひっそりと坐っている女を指さした。

「おこまがどうかしたかね？」

「ツル（金）を持って来たかね？」

「まあね。先生にゃ言えないけど、ちょっとびっくりするぐらい持って来たからね。ここじゃ大事にされてるよ」

「それはよかった」

「先生の知り合いかい？」

「うん、ちょっとひっかかりがある女子だ」

「いたわってやるから、心配しなくともいいよ」

「ちょっと話したいが、いいかね」

「どうぞ、どうぞ」

おたつが奥の自分の席にもどるのを見とどけてから、登は戸前口の方に移って、牢格子の中をのぞいた。うす暗い畳の上に、二十半ばぐらいにしか見えない、身体つきのほっそりした女が坐っていた。華奢だが、丸い肩のあたりに、猫のようにしなやかな感じが出ている女だった。

「あんたが、おこまさんか？」

登が声をかけると、女がゆっくりと首を回して登を見た。女は美人ではなかった。

巳之吉が言ったように、十人並みの器量である。だが、その眼に登は惹《ひ》きつけられた。娘のように澄んでいながら、男心を誘う色気をたたえている眼だった。その眼で、おこまは登を無言で見ている。

「巳之吉というひとを知ってるかね」

と登は言った。おこまは無表情に登を見ていたが、やがて小さくうなずいた。

「あんたによろしくと言っていた」

「……」

「巳之吉はいい職人だったが、ひとを殺《あや》めて島送りになった。今朝までは、その遠島部屋にいたのだが、今ごろは船に乗っているはずだ」

おこまの顔が、不意に真赤に染まったのを、登は見た。うす暗い中なのに、はっきりわかった。

「あの……」

おこまは膝をむけて、登を正面から見つめた。そして小さい声で言った。

「あのひとは、あたしがここにいると知っていたでしょうか？」

「いや、知らないで出て行ったよ」

おこまはうつむいた。膝の上で固く手をにぎりしめた姿が、次第に濃くなる闇に包まれるのを見ながら、登は牢格子のそばをはなれて出口にむかった。

押し込み

一

おしんは登が入って行くと、盆を小わきにかかえていそぎ足に寄って来た。両国橋の南河岸にある水茶屋しのぶ。時刻は八ツ（午後二時）さがりで、のれんをひるがえして涼しい風が吹きこむ店の中には、ほんの四、五人の客がいるばかりで、がらんとしていた。

「お休みですか？」

注文をとってから、おしんが言った。

「うん。休みでちょっと道場をのぞいて来たところだ」

「そうですか」

「これから家に行こうかどうしようかと、一服しながら思案しようと思ってな。腹が空いたから帰らざるを得んのだが、なにせあの家は人使いが荒い」

おしんは笑った。おしんは、外づらがよくて上品な口をきく登の叔母が、家の中では男たちを尻に敷いていることを知っている。

「ところで、変りないな」

「はい」

おしんは笑いをひっこめて、まぶしそうな眼で登を見た。おしんは今年十九になった。十九といえば娘盛りだが、どことなく子供っぽくみえるのは、小柄でちょっと太り気味な身体《からだ》つきと、黒目がちのくりっとした眼のせいのようである。

だがまぶしそうに登を見返したとき、おしんの顔を、ひと刷《は》け年増女のような分別くさいいろが掠《かす》めすぎたようである。おしんは顔をそむけた。横顔に暗いものが出た。

「いや、変りがなければいいのだ」

登はあわてて言った。

「おやじさんは元気かね」

「ええ」

おしんは眼を登にもどすと、また笑顔になったが、今度の笑いは少しぎごちなかった。声だけは明るく言った。

「このごろは、朝早くから働いてます」

「それはけっこうだ」

「あたしの嫁入り道具をそろえるんですって」

「ふふん、一念発起したか」

と登は言った。おしんは笑顔のまま、いまお茶をお持ちします、と言うと釜場の方にもどって行った。

おしんは父親の平助と二人暮らしで、平助は鋳《い》かけ屋が商売である。父親が鋳かけ屋で、娘が水茶屋で働いていれば、裏店《うらだな》住まいながら人なみの暮らしを営むには十分なはずだが、平助には盗癖があった。商売で入りこんだ家の庭先から、ちょっとしたものをちょろまかして来る。

そのために何度か牢に入って、おしんに心配をかけていたのだが、去年の秋、今度は娘のおしんが牢に入れられた。末を約束した男に裏切られ、その裏切りがまた、手が込んで汚いものだったので、おしんは傷ついた獣のようになって、その男を刺したのである。

しかし男は命をとりとめた。そして男がおしんを捨てるためにどういう汚い手を使ったかを、登と深川八名川《やながわ》町の岡っ引藤吉の連名で、吟味役人の方に書き上げたので、おしんはこの春、特別の吟味があったあとで牢から出されたのである。

平助も、この事件には仰天したらしかった。手癖が悪く、仕事も思うように怠けて、いい加減に世の中を渡って来た男だが、平助は娘だけは自慢にしていた。その娘が牢に入ったあと、平助はしばらく寝こんでしまい、物もたべないので近所の者が登の叔父を呼びに来たりしたが、叔父の玄庵の診立《みた》てでは、ただのぶらぶら病いだった。気落ちして飯喰う元気もなくしただけである。

おしんが牢からもどって来て、平助は自分も元気を取りもどすと同時に、そんな言い方で心に傷手を負った娘をいたわっているのに違いなかった。いたわるといえば、しのぶのおかみも気性のいい女で、おかみはおしんが牢を出されたと聞くと、わざわざおしんの家に足を運んで、あのことは忘れて以前のように家で働いておくれと言ったのである。

叔父の話によれば、裏店の者たちも、何かと平助親子を気遣い、親切にしているという話だった。いくら狭い裏店でも、親子ともども牢屋帰りなどといえば、一人や二人は白い眼でみる人間がいても不思議ではないのだが、そうはならずに親子はあたたかい眼で見られているらしかった。

しのぶのおかみにしろ、裏店の者たちにしろ、そこまで平助親子をかばうのは、おしんが男を刺すに至った事情を知っているからだが、それ以上におしんという娘の人柄に惚れこんでいるからだと言えるだろう。怠け者で手癖が悪く、その上少少酒にもだらしない父親をかかえて、おしんは愚痴ひとつこぼさず、水茶屋の勤めも家の仕事もてきぱきと片づけて明るい娘だったのだ。

──まったく、おしんのような娘はめったにいるものではない。

と登も思う。だからこそ牢から帰されて来たおしんを、まわりの者たちは出来るだけ古傷にさわらないようにして、あたたかく迎えいれているのだが、しかし、と登は思うのだ。おしんはほんとに立ち直れるのだろうか。

しょっちゅう裏店と牢を行き来しているような父親を持ちながら、おしんが明るくしていられたのは、生得の気丈さもあるとはいえ、清吉という許し合った男がいたからだろう。裏切りを知って男を刺したとき、おしんはただ一時の怒りに駆られて刃物をふるったわけではなかったろうと登は思う。おしんはそのとき、一度この世に望みを絶ったのだ。牢のうす闇の中で、登の聞くことに顔も上げず、影法師のように坐っていたおしんの姿を、登はまだ忘れていない。

──しかし、ほかならぬおしんのことだ。

何とか立ち直るかも知れない、と登は思った。さっき、ちらとみせた大人びた表情がそう思わせたようでもある。

男は命をとりとめたが、そのまま遠く去った。その傷は、まだおしんの心の中にうずいているに違いなかったが、あの事件をくぐり抜けたことで、おしんは登にははっきりとは見えないが、蟬が殻を脱ぐように大人になったのかも知れないという気もした。案じるほどのことはないかも知れない。

誰かに見られているような気がして、登は顔を上げた。すると一人の男があわてたそぶりで顔をそむけた。

しのぶの店の中は、相変らずがらんとしていて、登がおしんと話している間に、二人ほど客が出て行ったらしく、いまいるのは奥の壁ぎわにいる三人の男と、ほかには登だけだった。登に見られて顔をそむけたのは、その三人の中の一人だった。一見してどこかの若旦那といった恰好の太った大男だが、行儀はよくない。赤い毛《もう》氈《せん》の上に毛《け》脛《ずね》をむき出しにしてあぐらをかいていた。

連れの男二人は、どういう人間なのか登には見当がつかなかった。一人はこけた頬と鋭い眼を持つ、これも二十半ばの若い男だった。そしてもう一人は、鬢《びん》の毛がすっかりはげ上がって、そのくせ顔は日焼けしててらてら光っている五十過ぎの男である。口がとがって、烏天狗のような顔をしたその男は、若旦那ふうの男よりもっと行儀が悪く、立て膝の上に腕を組み、そこにあごを乗せている。

三人は額をあつめるという恰好で、ひそひそと何か話し合っている。何を話しているのか、登には聞こえなかった。若旦那ふうの男が、またちらと登を振りむき、眼が合うとあわてて顔をそむけた。

——はて？

三人の様子を眺めているうちに、登はその男たちにどこかで会ったことがあるような気がして来た。

首をかしげたとき、おしんがお茶を運んで来た。

「や、ありがとう」

お茶を受け取りながら、登はおしんに眼くばせして、奥の男たちのことを聞いた。

「おなじみさんかね」

おしんは男たちを見た眼を登にもどすと、首を振った。

「いえ、知らないひとたちですよ」

「はじめての客か？」

「そうでもないんですけど。ちょっと前、半月ほど前から時どきみえているようです」

「いつもあの三人で？」

「ええ」

「妙だな」

登は茶をすすってからつぶやいた。

「どっかで見た事があるひとたちのような気がするのだが、はて、どこで会ったかな」

「ここで見かけたのじゃないでしょうか？」

とおしんが言ったが、登は違うような気がした。この前にしのぶに立ち寄ったのは、男たちが顔を見せはじめたという半月前よりは先だったような気がする。

その三人を、どこで見た気がしたのかに気づいたのは、水茶屋しのぶを出て、橋近くまで来たときだった。

登は苦笑した。どこかで会ったと思ったのは錯覚で、その思い違いは、彼らの身ごなしと気配が、しじゅう眼にしている牢の中の男たちに酷似していたせいだと思いあたったのである。

牢格子の方に背をむけ、二、三人かたまってはひそひそと話をかわし、登たちが外鞘《そとざや》を通ると、ぴたりと口をつぐんで鋭い一瞥《いちべつ》を投げて来る囚人たち。昼日中から何の相談であつまっているのか知らないが、しのぶの奥に人眼をさけるように顔つき合わせていた男たちは、気の毒なことに、登にはごくおなじみの囚人たちによく似ていたようだった。

納得が行くと、登の心から男たちの姿はみるみるうすれ、かわりに今日もたっぷり雑用を用意して待っているに違いない叔母の顔が浮かんで来た。

二

「やっと帰ったよ」

店を出て行く登を、じっと見送っていた保次郎が、顔をもどすと言った。保次郎の頬がふくらんだ大ぶりな顔には、ほっとした表情が浮かんでいる。

「わかってるって」

瘦せて眼つきの鋭い源次が、いら立った口調で言った。

「恰好を見たろ？　あいつはただの医者だ。気にすることなんぞ、いらねえよ。それより、さっきからきょろきょろしてちっとも話に身をいれてねえじゃないか」

「そんなことはないよ」

「あんた、やる気はあるんだろうな」

源次のたたみかけるような鋭い言葉に、保次郎は顔を赤くして言い返した。

「やる気はあるさ。だからこうして、約束どおり来てるじゃないか」

「よし、じゃもう一ぺん段取りをおさらいするか」

そう言ったが、源次は、今度は烏天狗のように尖《とが》った口をして鬢がはげ上がっている男に嚙みついた。

「おい、とっつぁん、眠ってんじゃないだろうな？」

「おれが？」

立て膝の上に組んだ腕をのせ、その上にだらしなくあごを乗せて眼をつぶってい
た金平が、そのままの恰好できょろりと眼をあけた。

「眠ってるもんかよ。おめえたちよりよっぽど眼も耳も働かせて世の中を見てら。

おい保さんよ」

金平は保次郎をみて、にやりと笑った。

「お前さんが気にしてた若い男は、ありゃ小伝馬町の牢医者さ」

「牢医者？」

保次郎は顔色を変えた。

「牢医者だと？」

源次も眼を光らせて金平を見返した。

「とっつぁん、どうして知ってるんだい？」

「おいらの古いダチに仙公というのがいてよ。あるとき一緒に町を歩いてて、さっ
きの男に会ったら、先生おひさしぶりでやす、あの節はって挨拶してたんだよ。仙
公、その前にしばらく牢に入っててな、腹くだしたか何かで世話になったらしいん
だ」

「ふーん、牢医者か」

源次は気おくれしたようにつぶやいたが、すぐに胸を張った。

「牢医者たって、つまりは医者だろ？　お役人てえわけじゃあるめえし、気にすることはねえよ」

「でも、何かうさんくさそうにこっちを見てたじゃないか」

と保次郎が言った。おめえも胆っ玉が小せえな、と金平は軽蔑したように言った。

「源次の言うとおりよ。何にも気にすることなんざ、ありゃしねえ」

「さ、おさらいするぜ、いいな」

源次は二人をにらみつけるようにして言うと、膝を乗り出した。

「おてつという女中だが、もうわたりをつけたと言ったな？」

「ああ、ついてる」

と保次郎が言った。金平がにやにや笑って口をはさんだ。

「もう、手ぐらいは握ったかえ？」

「うるせえ、からかうのはよせ」

と源次が言った。茶碗の中はさっきから空だったが、三人はまた額をあつめた。

相談事は、登がみてうさんくさい感じを持ったのももっともで、押し込みの打ち合わせだった。狙う先は、神田皆川町三丁目にある足袋《たび》屋川庄だが、この三人は、べつに押し込みに馴れた本職の盗っ人というわけではない。それぞれ世渡りの仕事を持っていて、さればこそその不馴れな押し込みにかかるために、連日額をあつめているのである。

もっとも世渡りの仕事といっても、三人とも人に誇れるほどの仕事を持っているわけではない。はげ天狗のような金平は湯屋の釜番をしていた。金平は、若いころはその世界で鳴らした巾着切《きんちやく》りで、いま湯屋の釜の前にうずくまって、火の番をして世を送っている自分を落ちぶれたと考えている。

保次郎は雪駄《せった》問屋の若旦那だったが、その店は三年前に潰れた。いまは永井町の端唄《はうた》の師匠の家で、家を掃き拭きしたり、飯を炊いたり、客にお茶を出したりの、住みこみの下男奉公をしている。というのは表向きで、内実は昔馴染みの女師匠に拾われて喰わせてもらっているので、夜になれば厚化粧の下に小皺をかくしている七つも年上の女師匠の間夫《まぶ》に早変りするのである。

源次は唐がらし売りだった。一袋三文の七味唐がらしを触れ売りして歩くしがない商売だが、源次の商売には裏はない。だが、押し込みの相談をかけたのは源次だった。むろん、それにはわけがある。

保次郎が住む永井町と道ひとつへだてた富山町二丁目の裏長屋に、源次と金平が住んでいて、時どき保次郎が遊びに来る。三人は神田川北の向う柳原にある、さる藩の下屋敷の長屋で開かれる賭場《とば》の常連だった。といっても、三人とも大金を賭けるつもりも、またそれほどの金を持っているわけでもなく、時たま気晴しに遊びに行くだけである。こちらは、誘ったのは金平だった。

その源次と金平が住む長屋に、ある日ひとが越して来た。三十近い女一人だったが、来るとすぐ寝たり起きたりしているので、半病人だとわかった。癆咳《ろうがい》ではないかと、長屋の者たちははじめ気味悪がったが、そしてその見当はあたっていて、女はほんとに癆咳だったのだが、長屋の者たちは、間もなく女の病気など気にしなくなった。癆咳持ちのその女が、至極好もしい人柄の人間だと、じきにわかったからである。

女は自分の病気を承知していて、もしや長屋の者たちに、その病気をうつしはしないかと、痛いたしいほど気を使った。それでいて、ただ病気を恐れてふさいでいるのでもなかった。身体が大儀で寝こむ日もあったが、そうでない日は、きれいに掃除して片づけた家の中で、足袋縫いの内職をしている。

越して来る前に段取りをつけて来たとみえて、月に二度ほど、商家の雇人といった恰好の年寄りが、内職の品を運んで行く。女はその稼ぎで自分の口を養い、医者から薬をもらっていて、誰にも迷惑をかけなかった。

「おしづさんには、ほんとに感心するねえ」

長屋の女房たちは、寄るとさわるとそう言い合った。おしづはほっそりしているが、さほど瘦せが目立つほどでもなく、病気持ちのせいか、頰にはほんのりと血の色を浮かべ、うるんだような眼をしている。美人だった。

大概このぐらいの美人だと、猪八戒か沙悟浄かといったご面相の女房たちは、ゆえもない反感をそそられて、へん、女は顔じゃないよなどと意気ごむのだが、おしづは評判がよかった。

「それにひきくらべて、うちの亭主ときたらどうだろ。叩いても死なないようなでかい身体してるくせに、ちょっとでも雨が降りゃ、もう休むことを考えてんだから」

「うちのひとだってそうさ」

「だから言ってやったの。少しはおしづさんを見ならったらいいってね」

「それにあのひと腰が低くてねえ。こないだ漬け物をひと皿あげたら、病人ですからお返しはご遠慮しますけど悪しからず、お皿は洗ったけどもう一度洗い直してくださいなって、それはもう、自分の病気のことを気にしてるわけ。だからあたしも言ってやった」

「何て言ったのさ」

「いえね、そんな病気のことなんぞ気にしなさんな。長屋のもんは病気がうつるような、やわな身体をしちゃいないからってさ。そしたら、あのひとありがとうって涙ぐんでさ」

というわけで、長屋の者たちは新入りの半病人にすっかり同情して、漬け物をとどけたり、重かろうと米を買って来てやったりいたわっていた。

しかし、その中で女房たちに劣らずおしづに同情したのは源次だった。それにしてもあのおしづさんというひと、どういう素姓のひとかねえと長屋の女房たちは首をかしげているが、源次はその素姓を知っていたのである。

「おれが、痨咳持ちの容子《ようす》のいい年増に眼をつけたなんて思ったら、そいつはお門違いだ。おしづさんというひととはちょいとした因縁がある。いやさ、恩があるのだ」

押し込みの話を持ちかけたときに、源次は金平と保次郎を前に、口から泡を吹いてそうまくし立てたのである。

三

源次は子供のころは本所の相生町《あいおい》に住んでいた。父親は源次が物ごころつく前に病死して、母親がすぐそばにある足袋屋に通いの台所女中で働いていた。母親が遅い夜、源次は何度かその足袋屋の台所で飯を喰わせてもらったことがある。三吉屋《みよし》という大きな足袋屋で、母親のほかに三人も女中がいた。

おしづは、その三吉屋の娘だった。源次は十三の時に石原町の瓦屋に奉公に行き、三年ほどしてそこをしくじって鏡師に奉公をし直し、その鏡師の親方とも喧嘩して飛び出すというふうで、だんだん相生町の自分の家にも寄りつかなくなったが、家に帰るたびに、母親から三吉屋の様子とそこの娘のおしづのことは聞いていた。

神田皆川町の足袋屋川庄は、三吉屋から一番番頭の庄兵衛がのれんわけで出てはじめた店である。おしづは川庄の息子惣七に嫁入っていた。庄兵衛は本店《ほんだな》にいたころから商い上手で知られていたが、川庄はおしづを息子の嫁にもらったころからいっそう商いが太くなり、五年前に本店の三吉屋が潰れたあとも、以前の本店をしのぐ勢いで繁昌し、店構えも大きくなった。

「それはいいが、裏がある」

と言って、源次はその裏というのも二人に話して聞かせた。

川庄は、三吉屋からのれんを分けてもらうとき、何カ所かとくい先を分けてもらった。その譲られたとくい先を種に、だんだん商いをひろげて、川庄は一人前の足袋屋にのし上がったのだが、おしづを息子の嫁にもらって二年ほど経ったころ、突然に三吉屋のとくい先に手をつけて来たのである。

そのとくい先は難波町の小花屋という大きな料理屋だったので、三吉屋の主人は驚いて川庄を呼びつけた。しかし川庄は気分がすぐれず寝込んでいるとかで姿を見せず、息子の惣七があらわれて詫びを言って帰った。だがその詫び言の舌の根も乾かないうちに、今度は堀江六軒町にある、芳久というこれも大きな料理屋に、川庄が品物を納めていることがわかった。

芳久は三吉屋の一番のとくい先である。おしづの父親は激怒してまた川庄に使いをやったが、今度は息子すら顔を見せなかった。一度は自分から出かけて行って面詰《めんきつ》しようかと思いながら、三吉屋の主人がどうにかこらえたのは、ほかでもなくそこに嫁入っている娘の身を案じたからだった。主人は、もう少し様子をみようと思った。

そうしているときに、主人の耳に、川庄がとくい先をとられたのどうのとさわぐことはあるまい、あれもこれも、もとをただせば番頭をしていたおれがつかんだおとくいじゃないかとうそぶいているという噂が聞こえて来た。

主人はかっとのぼせ上がって、もう夜分だったのに家の者に駕籠《かご》を呼ばせた。そして店を出たところで倒れ、そのまま床について一年後には病死した。急な中風だった。

その後の三吉屋はみじめだった。おしづの兄の徳之助は、吉原あたりでちょっと名を売ったほどの遊び人ではあったが、商売の方はいっこうに不案内だった。いかにも老舗《しにせ》の主人らしかった父親の気迫も持ち合わせなかった。いいように川庄にとくい先を喰い荒され、奉公人には逃げられて、やがて店を畳んで深川の冬木町というところに逼塞《ひっそく》してしまった。老母と、もらったばかりの新妻が一緒だった。それが五年前のことである。

「そこまではおれも、死んだおふくろに聞いて知ってたんだ。だがよ、そのテの商売の争いというやつは、ないことじゃないからな。三吉屋は気の毒だが、負けたのは商人として意気地がねえじゃねえかと思っていたのだ」

「………」

「だが川庄のおやじ、いや息子もだが、こいつらがおしづさんにした仕打ちは許せねえ。な？　そうは思わねえか」

実家と嫁入り先の板挟みになった心労のせいか、おしづは病気になった。病身のためか子供も生まれなかった。そういうおしづを、川庄では三吉屋がつぶれた直後から、露骨に出て行けがしの扱いをするようになったのである。

川庄の人間みんなでそうしたわけではなかった。庄兵衛の女房がおしづをかばった。出て行けがしに扱われながら、四年も辛抱出来たのはそのためだが、その間に夫の惣七は若い妾を囲った。父親も認めてのことだった。その妾が、夫の子供を生んだと知って、おしづは自分から川庄を出たのである。

そういう事情を、源次はおしづから聞いたわけではない。おしづは、源次がむかし実家の通い女中をしていたおかつの息子だとは気づいていなかった。源次はそういういきさつを皆川町の川庄の近所を聞き回ってたしかめたのである。

「何の不自由もなく育った嬢ちゃんだったのだ。気持がやさしくてよ、こう、まるでおひいさまのようにお品がよくてよ」

子供のころ、三吉屋の台所に飯を喰いに行った源次は、たった一度だが、おしづに遊んでもらったことがある。

双六《すごろく》遊びだったが、それは源次が見たこともない極彩色の畳二畳ほどの盤で、遊び方も源次が知っている双六とは違っていた。源次は六つぐらいだったろうか。とすれば、おしづは四つ年上だというから、そのとき十ぐらいだったはずだ。

六つの源次は、おしづの前ですっかりあがってしまって、何度も遊び方をとちったが、おしづは笑いもせず、あなどりもしないで、やさしく遊んでくれた。そのときのおしづの形がよく白かった指を、源次はめったに湯屋にも行かず真黒だった自分の指と一緒に、いまも思い出すことが出来る。

「おめえの気持はよくわかった」

源次の話を聞き終った金平が言った。気持はよくわかる、と保次郎も言った。金平がひと膝乗り出した。

「それで、この際川庄にひと泡吹かせようという寸法だな？」

「そうよ、これが黙ってみていられるかい」

「金をふんだくるつもりか？」

「おしづさんのために、ちょっとまとまった金を巻き上げてやるつもりさ」

「ちゃんと理屈が通ってるじゃないか、源ちゃん。おやりよ、手を貸すよ」

と保次郎が言った。金平がまたひと膝乗り出したので、瘦せた膝がしらが源次の脛にくっつきそうになった。

「乗りこんで、川庄をひと脅《おど》し脅しつけるかね？」

「そいつはだめだ」

と源次は言った。

「川庄はしたたかな男だ。脅されて金を出すようなやわなやつじゃない。それに隣町に住む三五郎とかいう岡っ引に、よく小遣いをやって手なずけているそうだ」

勢いこんでいた保次郎が、気おくれした顔になった。だが金平はよけいに眼を光らせて言った。

「それじゃ、どうする？」

「押し込みだ」

源次が短く言ったあと、三人は沈黙した。保次郎はあごをなでてあさっての方を向き、金平はうつむいて、まばらな脛毛を撫でた。

「怖気《おじけ》づいたな？」

源次は嘲笑《あざわら》った。

「いいよ、こうなりゃ一人でやるさ。あんたらを、それほどあてにしてたわけじゃない」

「待った」

と金平が言って、さぐるように源次を見た。

「その金だがよ、洗いざらいそのおしづさんとかいうねえちゃんにやってしまうのかね？」

金平が言うと、それまであらぬ方に顔をむけていた保次郎が振りむいた。底光りする眼で二人を見つめた。

「洗いざらいというわけじゃない。手間賃というものがある」

「………」

「ま、ざっと五十両。これだけあれば、おしづさんは当座の暮らしの金と薬代にこと欠くめえ。そのあまりは、こっちの器量ということで、駄賃にいただいても、おてんとさまは怒るめえよ」

「怒るわけはねえ、よくやったとほめてくれらあ」

と金平は言って、その話ひと口乗ったと言った。間をおかずに保次郎も、あたしも乗ったと言った。

三人ともいつの間にか賭場に借金が出来ていた。ことに保次郎の借金が大きかった。賭場に通っていることは、端唄の師匠には内緒にしていたので、借金がばれたらと思うと、保次郎は気も狂わんばかりの日を送っていたのである。

だが源次の目ろみ《もく》を聞いた瞬間に、保次郎は賭場の借金はおろか、これであの脂切った師匠の深情けから逃げられるかも知れないという幻まで見たようだった。鼻息を荒げて保次郎は言った。

「こうなったら源ちゃん。あたしゃ何でも手伝うよ。仕事を言いつけておくれ」

「でも、話がちっとまわりくどかったな」

と金平が言った。

「ハナからそう言ってくれりゃ、話はもっと早くまとまったのによ」

「冗談言っちゃいけねえ。おれたちはおしづさんのためにひと肌ぬぐんだぜ。ただ余禄があれば頂くってことだ」

源次がぴしりと決めつけたが、金平も保次郎も不服は言わなかった。

話はかっちりとまとまったが、そのあとの運びは遅遅としてすすまなかった。金平は、人の懐から財布を頂いたことはあるが、押し込みははじめてである。源次の胸は義憤に燃えているが、これも押し込みの手くだを知っているわけではない。保次郎はただ金欲だけで動いていた。

それでも、一見若旦那ふうの保次郎が、川庄の女中と馴染みになり、深夜女中の手引で川庄の店に忍びこみ、逢引としゃれる。その間に金平と源次が、奥の間に入りこんで金箱を探すという段取りが出来上がり、その段取りは少しずつすすんでいた。

「源さんの方はどうだい？」

と金平が言った。金平は衣裳、小物の係で源次と自分が忍びこむときに着る紺無地の着物、草鞋《わらじ》、古物の匕首《あいくち》二本などを、もう揃えている。

「おしづさんに名乗って出たか？」

「それがまだだ」

と源次は言った。

むかし世話になったおかつの倅《せがれ》です、お懐かしゅうござんしたと名乗って出ておしづと懇意になり、それとなく川庄の店の間取りなどを聞き出すのが源次の役目である。

だが源次は、なぜかおしづの前にいますぐ名乗って出るのは、気がすすまないのだった。どこの誰ともわからない人間が、ある晩おしづの家の小窓の隙間から、どさりと金を投げいれる。源次はあくまで知らんぷりで、おしづとはそのあとも、一度も会ったことがないような顔をしつづける。

金平と保次郎が乗って来て話が大げさになったが、初手の目ろみはそういうもので、形がすっきりしたものだった。押し込み前におしづの前に顔を出してしまっては、形が崩れる。

金平は、まるでそういう源次の胸の内を読んだようにせせら笑った。

「おいおい、鼠小僧を気取ることはねえよ。おれたちは素人だ」

「おれのことはいい」

源次は金平をにらんだ。

「じいさんこそ気をつけな。このごろ夕方になると両国橋をあっちへ行ったりこっちへ来たりしてるそうじゃないか」

「誰がそんなこと言ったい？」

「保さんも見てるし、賭場のヒゲ松もそう言った。大仕事の前に、お役人の目につくような真似はやめた方がいいぜ」

四

朝の見回りのとき、奥の二間牢に新しい腹病みの病人がいることがわかって、登はひととおり見回りを済ませたあとで、自分で薬をとどけた。

もどって来ると、隣の大牢の牢格子から手を出して、ひらひら振っている男がいる。手を振っているだけでなく、男は声をかけて来た。烏天狗のように口がとがり、眼尻が上がって油断のならない顔つきをしているが、男は鬢《びん》の毛がはげ上がり、どことなくとぼけた表情も併せ持っていた。

「どうした?」

と登は言った。

「腹でも痛むか?」

「うんにゃ、そうじゃねえ」

男は手をひっこめると、かわりに格子に顔をくっつけて来て、小さい声で言った。

「先生を見込んで、お願えがある」

登は足をとめて男を見たが、男の眼に必死な感じのものがあるのをみて膝を折った。

「何の話か知らんが、面倒なやつは困るぞ」

「なに、ご迷惑はかけません」

男はほっとしたように顔色をゆるめたが、相かわらずささやくような小声で言った。

「あっしは金平と言います。何の間違いか巾着切りと思われて、こうしてご厄介になっていますが、富山町で湯屋の釜番をしてるもんでさ、聞いていただけばわかります」

「ふむ」

登はあらためて男の顔を見た。金平というおやじは、言われてみると本人の弁解にもかかわらず湯屋の釜番よりは巾着切りに似合っていた。

「それで？」

「ちっとご足労をかけて恐れいりますが、あっしの知り合いに言伝てをお頼み申したいので……」

「それはちと難儀だな」

と登は言った。警戒する気持が動いていた。こういう頼みごとをついうっかり引きうけて、何度か迷惑に巻きこまれている。

「わしは今日は昼勤めで牢を出られん。それに、外に言伝てがあるなら、下男《しもおとこ》にちよっと握らせれば喜んで引きうけてくれるだろうに。金をもってでおらんのか？」

「いえ、それぐらいの金はありますが、牢屋から来たなどというと、知り合いがびっくりしますので」

「わしも牢屋勤めの人間だぞ」

「いえ、先生は素姓が知れていますから」

「素姓を知っていると？　その知り合いがか？」

「へえ」

金平という男はにやにや笑った。

「外で先生をお見かけしたことがありますんで。もう、お忘れでしょうか？」

「はて」

登はつくづくと男を見たが、おぼえのある顔ではなかった。大体巾着切りにも湯屋の釜番にも近づきはない。男は水茶屋しのぶの名を言った。

「お会いしたのは一度だけですが、あそこのおしんという女中、ありゃあいい子ですなあ、先生。あのおしんちゃんから、そのあと先生のことをよく聞いていますので」

ぼんやりと、登は半月ほど前にしのぶで見た三人の男を思い出していた。そういえばあのとき、こういう顔の男がいたようでもある。

「知り合いというのは、お前さんの仲間か」

「仲間？　またまた、先生」

金平は歯ぐきをむき出して笑ったが、すぐに笑いをひっこめて真剣な眼になった。

「変な仲間なんかじゃありませんぜ。みんな素っ堅気《かたぎ》でさ」

源次は唐がらし売りで、住まいはどこ、保次郎は永井町の端唄の師匠の家で下男をしていると金平は言った。

「ひと言、言伝てをお願いしまさ、先生」

「よし、言ってみろ」

面倒になって、登は言いながら腰をのばした。すると牢の中で金平も立ち上がった。ちらとうしろを振りむいてから、金平は言った。

「じゃまが入った、やめろ。あっしがこう言ったと伝えていただきてえんで」

「……」

登は金平をじっと見つめた。

「それはどういう意味だ？」

「どういうって……」

金平は眼をぱちぱちさせた。

「ただそれだけのこってすがね」

「ばか言え、そんな怪しげな伝言は出来ん」

「あっしら、ちょっとしたもうけ仕事にかかったんでさ、先生」

とり合わずに、登は背をむけた。すると金平が鋭い声をかけて来た。

「人の命がかかってるんだ先生、頼んまさ」

だが登はずんずん歩いて牢を出ると、詰所にもどった。その夜の見回りのときも、翌朝も、金平は牢格子にへばりつくようにして声をかけて来たが、登は無視した。

扱っている病人のよんどころない頼みとなれば、聞かなければなるまいという気持になるが、それでさえ、一度は危うく罠《わな》にはめられそうになったことがある。まして世話役同心の平塚に確かめたところでは、金平はたしかに湯屋の釜番をしているものの、むかしは深川の盛り場で鳴らした巾着切りで、今度もついむかしの癖を出して、しくじってつかまったのだということだった。頭の中では何を考えているかわかるものではない、という気がしたのである。

だがその日、明け番で牢屋敷の外に出ると、登は何となく金平が最後に言った言葉が胸にひっかかっているのを感じた。

――人の命がかかっている、と言ったな。

登は牢屋敷の角に来たところで、立ちどまるとごしごし頭を掻いた。

昨夜ひと晩降りつづいた雨は、登が汚れ物を風呂敷に包んで外に出る支度をしている間にすっかりやんだが、空にはまだ霧のような雲が動いていた。梅雨にはまだ間があるはずなのに、町はまるで梅雨時のようにうす暗く、行きかう人の姿も黒っぽく見えた。ところどころ、道の上に大きな水溜りが出来ている。

——命がかかっているとは、穏やかではないな。

水溜りを避けて歩き出しながら、登はそう思った。若松町の道場に寄って、ひと汗流すか、それともまっすぐ叔父の家に帰るか迷っていたが、遅く帰って汚れ物を突き出したりすると、また叔母がいい顔をすまいとも思った。

ひとまず叔父の家にもどろう。そして、そっちに帰るなら、ちと回り道だが金平が言った男たちが住む町に寄って、和泉橋か新シ橋から福井町にもどってもよい。

——ひとまず確かめてみるか。

あてにはならないが、金平が保証したように源次とか保次郎とかいう男たちがただの堅気者かどうか確かめてみよう。伝言はそれからでも遅くはない。ひとの命にかかわりがあると言われては、そのぐらいのことはしなければなるまい、と登は思った。

だが富山町の裏長屋をたずねると、源次という男は留守だった。金平の言う端唄の師匠の家にも寄ってみたが、厚化粧がはげ落ちてすさまじい面相をした女が、ただいま起きたというしどけない恰好で現われ、保次郎の名前を言うと眼をつり上げて怒り出したので、登はほうほうの体で逃げ出した。

夕方、両国河岸のしのぶにも寄ってみたが、男たちはいなかった。ここ五日ほど男たちは姿を見せていない、とおしんが言った。

五

その夜、登は同僚の土橋桂順と一緒に夜の見回りに行った。病人は少なく、見回りは簡単に済んだ。大牢の前を通ると、朝と同じように、金平がぴったりと牢格子に貼りついていたが、登がその前を通りすぎると、声は出さずに格子からさし出した手だけ、亡霊のようにひらひらと動かした。

当番所までもどったところで、登は土橋に先にもどってくれるように言い、下男の万平から灯を借りて大牢までもどった。金平がまた手を出して来た。

「わけを聞かんことには、伝言は出来んな」

腰を折って登が言うと、金平は手をひっこめ、登を見つめた。老いた巾着切りの眼には、やはりどことなく必死なものが動いている。

「お話しねえといけませんかね」

「あたりまえだ。うろんな伝言の取りつぎは出来ん」

「わかりました」

金平は考えこむように深くうなだれ、一度振りむいて背後をうかがってから、顔を牢格子に擦《こす》りつけて来た。

「源次と一緒の長屋に、おしづさんというひとがいますんで……」

金平はほんとうのささやき声で言った。登の方も格子に耳を持っていかないと聞きとれないほどの低い声だった。その声で、金平は三人の男がこれからやろうとしていたことのあらましを話し終った。

「聞くに耐えない無謀なたくらみだ。いい年してからに」

向き直って登は言った。

「そんなことをやって、お上《かみ》にさとられずに済むと思ったかね」

「先生、話はこれからだ。聞いてくだせえ」

「……」

「ただやめろと言っても、あの二人は耳に入れねえかも知れねえ。のぼせてますからな。だから、これからあっしが言うことを伝えてくだせえ」

そう言ってから、金平は不意にはじかれたようにうしろを振りむいた。まるで背後から物に襲われたように見えた。そして向き直ったとき、登は提灯《ちょうちん》の灯に照らされた金平の顔が、恐怖にゆがんでいるのを見た。金平の眼は大きく見開かれ、頬はひきつっている。

「同じ店を本職の盗っ人が狙っている」

「ほう」

登は鋭く金平を見た。にじり寄って、格子の中に息を吹きこむようにして聞いた。

「間違いないのか？」

「間違えねえ。人数は五、六人、頭の名は……」

「ふむ、頭は？」

「むささびの七」

「……」

「女も一味だと言ってくだせえ、先生。連中は半年も前からあの店を狙ってたのだ」

「女というと？　おしづとかいうひとか？」

「うんにゃ、そうじゃねえ。保次郎が懇意になった女中だ」

「……」

「連中は承知でおれたちを泳がせていた。踏みこんだら命にかかわると言ってくだせえ」

「よし、わかった」

と登は言ったが、不審が残った。

「お前さん、それをどこで聞いたね？」

だがその問いに金平は答えなかった。紙のように白い顔をしたまま、唇に指を立てたと思うと、ふっと背後の闇に姿を消した。立ち上がって、登はしばらく耳を澄ませたが、大牢の闇の中は、寝返りを打つような鈍い物音と、遠くの方にくぐもった話し声が聞こえるだけで静かだった。

――金平は、そのことを牢に入ってから耳にしたらしいな。

当番所に灯を返して、詰所の方に歩きながら、登はそう思った。むささびの七という男がどういう盗っ人かはわからなかったが、牢の中にその男の仲間が、あるいはつながりのある者かがいて、そういう話をしていたのを小耳にはさんだらしいと想像がついた。恐怖で晒《さら》されたように血の気を失った金平の顔が思い返された。

――かわいそうに……。

いまごろは簑虫《みのむし》のようにうすい夜具にくるまって、話してしまったこわさにふるえているだろうと思ったが、登はそのときまだ、むささびの七という盗っ人のこわさを本当には知らなかったのである。

翌朝、登は土橋が詰所にもどって来た気配に目ざめた。今朝は土橋が薬を調合する番で、明け方に、忍ぶような足音が詰所を出て行ったのを知っている。

　いくら土橋が気をつかっても、登は夢うつつにその足音を聞くのだが、慣れというものは不思議で、そのあとにもう一度深い眠りがおとずれるのである。今度ははっきりと目ざめた。

「や、ごくろうさんでした」

　夜具をはねのけて、登は言った。すると土橋は畳に上がりながら、いつものののっそりした口ぶりで言った。

「今朝は、大牢でちょっとしたさわぎがありましてな」

「ほう、新しい病人でも出ましたか」

「病人は病人ですが、怪我人です」

「怪我人？」

　起きあがって夜具をたたみながら、登は土橋を振りむいた。

「喧嘩ですか？」

「いや、喧嘩というよりは、つまり、例のやつらしくて……」

　土橋は言葉をにごしたが、登にはすぐにわかった。牢内で私刑が行なわれたのだ。そう思ったとき、登は不意に胸が波打つのを感じた。

「やられたのは、金平という男じゃありませんか？」

「そう、金平です」

土橋は驚いたように眼をぱちくりさせた。だが、どうしてわかったかとは聞かなかった。

「指を二本折られて、うんと鼻血を出しています。歯も折られています。裸にして調べましたが、ほかに背骨を折りにかかった形跡がありましたな」

「……」

登は息をのんだ。金平はゆうべ殺されかけたらしい。

「それで、手当ての方は？」

「とりあえず鼻血をとめて、指の手当てをしておきましたが、だいぶ弱っていましてな。あとで楠本さんにもう一度診てもらう方がいいかと思います」

楠本というのは外科医者で、隔日に外から通い勤めで来ている。

「ちょっとのぞいて来ましょう」

手早く身支度をととのえて、登は土間に降りた。降りながら言った。

「大牢には置いておけませんな」

「はあ、わたくしもそのように思いまして、小頭《こがしら》に申し上げて、金平を遠島部屋に移してもらいました」

当番所をのぞくと、小頭の富田を中心に、四、五人の同心が額をあつめて話しこんでいたが、登が金平の様子を診に来たと言うと、小頭が水野同心に鍵を持たせて案内させた。

遠島部屋は空っぽで、中に入ると埃の匂いがつんと鼻を刺した。うす青い光が澱む牢の中ほどに、捨てられたぼろのように金平が横たわっていた。膝をついて、登は手早く金平を診た。

土橋の言ったとおりで、金平の鼻腔にはまだ黒い血がこびりつき、口をひらいてみると、前歯が上下四、五本も折れていた。折れた指は土橋が手ぎわよく副木をあてて手当てしていた。金平の顔は鼻と口を中心に、紫色に腫れ上がって、まるで人相が変っている。

登は金平の帯を解き、腹と背を診《み》た。腹と胸に擦り傷があり、身体を横にして背中をあらためると、背骨の、当身《あてみ》で電光と呼ぶあたりに、青黒い鬱血《うっけつ》の痕があった。口の利きようはもっさりしているが、土橋の診立ては正確だった。登が身体をいじっている間、金平は虚ろな眼を宙に投げているだけで、ひと言も口を利かなかった。うめき声も立てなかった。

金平の手をうしろ手にねじあげ、板の間に顔面を押しつけてその背にのしかかっている男の姿が浮かんで来た。誰かはわからなかった。

「痛むか？」

前をあわせて帯を結んでやりながら、登は声をかけた。

「あとで痛みどめの薬をとどけよう。お前さんをこんなにした男が誰か、わかるか？」

「……」

「そうかわからんか」

闇の中の一瞬の仕事だ。金平にわかるわけはないという気がした。

「例の二人には必ず伝えてやる。安心しろ」

登は言って立ち上がったが、金平はそれにも答えなかった。登を見てもいなかった。光のない眼を天井に投げているだけだった。恐怖にまだ身体をつかまれたままのように見えた。

水野同心を帰してから、登は大牢に回った。そして牢格子の外から、牢名主《なぬし》の仁兵衛を呼び出した。仁兵衛は白髪の小男だが、肌の色が黒く、年寄りには似合わない部厚い胸を持っている。無口な男で、登の前に、格子越しにむっつりとあぐらを組んだ。

「ゆうべのことを話してくれんか」

登が言ったが、仁兵衛は不機嫌な顔つきで登を見つめている。登も黙って見返していると、仁兵衛はやっと口をひらいた。

「お役人に申し上げたとおりさ」

「お前さんたちがやった仕事じゃないな？」

「冗談じゃありませんぜ、先生。気づいてとめたのはおれだ」

仁兵衛は大きな声で言い、すぐそばにいた囚人に湯を持って来い、とどなった。若い囚人がはじかれたように立って行った。仁兵衛は牢内で十分恐れられているようだった。

仁兵衛が、奇妙な気配に目ざめたのは、八ツ半（午前三時）ごろだった。そう判断できたのは、牢屋に暁の微光が射しこんで来たのは、それから半刻（一時間）後ぐらいだったとおぼえているからで、仁兵衛は役人にもそう申し上げたという。

目ざめた仁兵衛は、牢内に満ちているいびきの音や、歯ぎしりの音、どたりと寝返る物音などを聞いた。だが仁兵衛を目ざめさせたのは、そういう物音ではなかった。闇の中に異様な気配が動いていた。凶暴なものが戸前口のあたりで動いている。そして歯の間を洩れる苦痛の声のようなものを聞いた。

——つるんでいやがるのかい。

大牢の中にも、幾組か男同士のそういう組み合わせがいて、仁兵衛は黙認していた。だが仁兵衛はすぐにその想像を捨てた。戸前口の物音を殺した動きには、みじんのやさしさもない。仁兵衛は夜具から滑り降りるとどなりつけた。

「おれが牢で勝手な真似をするやつは誰だ。つらを見せろ」

するると物音がぴたりとやみ、つづいて金平のこの世のものとも思えぬわめき声が牢の闇にひびきわたった。

「すると、あんたのひと声で金平は命を拾ったわけだな」

登がそう言うと、仁兵衛はうなずいた。

「まあな」

「相手が誰か、わからんか」

「わからねえ。むろんわかったらただじゃおかねえが、お役人が調べてもわかるめえよ」

「むささびの七という名前を聞いたことがあるかね」

仁兵衛は黙って登を見た。眼が少し大きくなったようだった。その眼で、仁兵衛はしばらく登を見つめてから言った。

「七蔵は盗っ人だが、汚ねえ男だ。物を盗るときに人を殺す」

「金平を半殺しにしたのは、その七蔵とやらにかかわりがある男らしいぞ」

「ふざけた野郎だ」

仁兵衛は、さっき若い囚人が運んで来た白湯《さゆ》をぐびりと飲むと、吐き捨てるように言った。

「七の手下《てか》だろうが何だろうが、この牢でおれをなめた真似をするやつはただじゃ済まさねえ」

六

源次も保次郎も、相変らず家にいなかった。裏長屋の者にたずねると、保次郎という男はどうやら源次の家にころがり込んでいるらしく、二人で夜遅く家にもどって来ることもあるが、まったく家を空にしていることもあるという話だった。

念のため路ひとつへだてた永井町の端唄の師匠の家をたずねたが、やはり保次郎はそこにもいなかった。しかし太った厚化粧の師匠は、この前来たときとは打って変った愛想をみせて、登を土間に招きいれるとお茶を出した。そしてけたたましくしゃべり出した。

「誰だって、いきなり博奕の借金取りなんてものが現われたら、びっくりしますよ。かっとなりますよ。だってそうじゃありませんか。保さんというひとは、むかしはともかく、いまはこの家の居候《いそうろう》ですよ。あたしが養ってやってんです」

出て行けとどなったら、保次郎はおとなしく出て行った。すぐにもどるだろうと高をくっていたら、何日たっても姿を現わさないので師匠はあわてているのだった。見かけたら、とにかく一度もどるように言ってくれと、泣かんばかりに登に頼むのである。

すっかり保次郎の仲間とみられているらしいのは迷惑だったが、喉が乾いていたので登は遠慮なくお茶を馳走になって、端唄師匠の家を出た。

むし暑い日だった。頭上から照りつける日射しは真夏のように暑いが、空気は湿っていて、すぐに汗ばんで来る。登は懐紙をとり出しては頸筋の汗を拭いながら、西神田の皆川町まで足をのばした。

探す二人がそのあたりをうろついていないかとも思い、また川庄という足袋屋を一度見ておいても悪くはあるまいとも考えたのである。川庄は永富町から三河町に通ずる表通りにあった。

ひと混みにまぎれて歩きながら、登はそれとなく川庄のあたりに眼を走らせたが、目ざす二人がぶらついている様子もなかった。第一しのぶの奥で一度見かけただけの二人の姿はあいまいで、登はすぐに、通行人の中からそれらしい男たちを探し出すことをあきらめた。

そのかわりに、川庄の店の前を二度通り、裏通りまで入りこんで、じっくりと店の様子を見た。川庄は金平が話したように、繁昌している店のようだった。店の中に粋筋と思われる身なりの女客が数人いるのも見えたし、裏通りまで入ると、塀の内に丈高い松なども見えて、そこは広い庭になっていることもわかった。

川庄の店を見て、皆川町から両国橋近くまでもどって来たとき、登は疲れ切って足が棒のようになっているのを感じた。時刻は昼近かった。叔父の家に、昼飯を喰いにもどるかと思ったが、そこまで歩くのが億劫《おっくう》になっている。ともかくひと休みしようと、登はしのぶに足をむけた。

入口の近くに腰をおろすと、目ざとく登を見つけておしんが寄って来たが、注文を取るより先に声をひそめて言った。

「あのひとたちが来てますよ」

え？　と言って、登は立ち上がった。するとおしんが眼顔で右手の奥を示した。開けはなした戸のところに簾《すだれ》がおりていて、そのそばの腰かけに、若い男が二人いた。一人は腰かけの上に膝を立てて猿のようにうずくまり、一人は上半身をだらしなく腰かけに横たえて、肱《ひじ》で顎をささえている。足は下におろしたままなので、太って大柄なその男はいまにも土間にこけ落ちそうに見えた。

登に記憶がもどった。どちらが源次か保次郎かはわからなかったが、その二人こそ、足を棒にして探し回った男たちだった。登は疲れを忘れた。店の中を横切って、男たちのそばに行った。

そばに立った登を見て、だらしなく寝そべっていた男が、驚いたように身体を起こした。痩せて目つきの鋭い男は、膝の上に顎をのせたまま、じろりと登を見上げただけだった。

「源次さんと、保次郎さんですな?」

登が言うと、瘦せた男がそうだと答えた。

「おれが源次だよ、何か用かね?」

「私は小伝馬町の牢に勤めている立花というものです」

「知ってら」

と源次が言った。

「おしんちゃんに聞いて、よく知ってる」

なあ? と言うと、源次は急に人なつっこい笑顔になって、登のうしろに笑いかけた。登が振りむくと、おしんが困ったような顔で、盆を抱えて立っていた。

「お茶を、ここに持って来てもらおうか」

登がそう言うと、保次郎があわてて席をあけた。おしんが釜場にもどって行くのを見送ってから、登は腰をおろした。

「金平が牢に入ったのは知ってますな」

「知ってるよ」

答えるのは、もっぱら源次の方だったが、返事はひどくそっけない。

「金平は、あのことをやめろと言っている」

登は声をひそめて言った。女中たちがいる釜場は遠く、客も離れたところに四、五人散らばっているだけだが、大きな声で話せる事柄ではなかった。

「じゃまが入ったそうだ」

登は重ねてそう言ったが、源次は無表情に登を見返し、保次郎はあさっての方を向いているだけだった。何の反応もなかった。

「私の言うことは、わかっているでしょうな」

登はやや気分を害して言った。暑い日に照らされて足を棒にして歩き回り、やっと探しあてたというのに、この男たちのそっけなさと来たらどうだ。

「川庄に押し込むなどということは、やめろと金平は言っておる。あんたたちの命にかかわると心配しているのだ」

「何の話ですかね」

と源次が言ったとき、おしんがお茶を運んで来たので、登は口をつぐんだ。源次の人を喰った返事に、むくりと腹が立っていたが、お茶を飲んでその腹立ちをおさめた。

「それじゃ話してやろう。むささびの七という本職の盗っ人がいる。人を殺《あや》めることを何とも思わぬ冷酷な男らしい。その七という男が川庄を狙っている。半年も前からだそうだ」

「………」

「しかも、七はだな、あんたたちが川庄に押し込みをかけようとしているのを知っている。知ってて黙って眺めているのは、魂胆《こんたん》があるからだよ。あんたたち、川庄に入ってごらんなさい。多分七は一緒に入りこむ。そして頂く物は全部連中が頂いて、盗っ人の汚名はあんた方が着るという恰好にでもなりますかな、保次郎さん」

登は太った男を振りむいた。

「おてつという女中に手引させる段取りになっているようだが、その女中は七の一味ですよ」

保次郎は登を見て眼をぱちぱちさせた。だが意外に平気な顔をしている。登はまた腹が立って来た。

「私がいい加減なことを言っていると思うなら、べつの話をしよう。金平がいま言ったような事情を牢の中で聞いたのです。それであわてて私に伝言したのだが、そのことを嗅ぎつけられて、半死半生の目にあった。私が手当てしたのだ。この話は信用した方がいいぞ」

「何のことか、わかったかい保さんよ」

と源次が言った。すると保次郎が、いいえ、あたしには何のことかさっぱりと言った。登は立ち上がった。

「度しがたいひとたちだな、あんた方も。ま、それじゃ勝手にしたらよかろうが、怪我しないように気をつけることですな」

「……」

「せめていつやるつもりだと教えてくれたら、命ぐらいは助けてやれるかと思うのだが、だめかね。お上に知らせたりはせんが……」

だが源次はうす笑いを浮かべた眼で登を見返し、保次郎はそっぽを向いたままだった。登は茶代を置くと、後も振りむかずにしのぶを出た。だが腹立ちはだんだんおさまり、かわりにばからしい気持がこみ上げて来た。

眼まで腫れふさがった金平の顔がひょいと浮かんで来たが、登はその顔を押しもどした。やるだけのことはやったのだ。だがあの二人がその気になっているなら、手の打ちようはないのだ。

うしろから、若先生と呼ばれた。襷《たすき》をはずしながら、おしんが走って来る。登は立ちどまっておしんを待ち、どうかしたかと言った。

「あのひとたち、何か悪いことをするつもりなんですか？」

とおしんが言った。あたりをはばかって、おしんは小声でそう言い、真剣な顔をしていた。

「悪いも何もあったもんじゃない。どっかに盗みに入るつもりだとさ」

「いつだか、わかってますか?」

「わかればとめようもあるが、それがわからんから、手の打ちようがない」

「あさっての夜、五ツ半(午後九時)と言ってましたよ。そばを通ったとき聞こえたんです」

「ほう」

「やめさせてください、若先生。あのひとたち、根は悪いひとたちじゃなさそうですよ」

おしんと別れると、登は若松町の道場にいそいだ。あの二人を説得することは無理だった。ただ川庄に忍びこむ日にちがわかっていれば、むささびの七という盗っ人の罠をはずしてやるぐらいのことは出来るかも知れなかった。

最初に思い浮かべたのは、顔馴染みの岡っ引八名川町の藤吉の顔だったが、話を聞けば藤吉はいさみ立ってむささびの七に立ちむかうだろうが、同時にあの二人も、うむを言わせずひっくくるに違いないと思い返した。

――奥野さんを頼もう。

師範代の奥野研次郎は、事情を話せば加勢してくれるだろう。

そう思ったのだが、道場に入った登は、そこに意外な男を見た。新谷弥助だった。

新谷はここふた月あまりも道場に顔を見せず、家に行っても留守にしていた。そして登や奥野の推測によれば、新谷は身を持ち崩して深川の盛り場のあたりをさまよっているのである。登も奥野も、新谷の意外な変貌におどろき、腹を立てていた。新谷弥助は、道場の羽目板に背をもたせかけ、腕組みして門弟たちの稽古を見ていた。頬がこけて、すさんだ横顔に見えた。登をみて、にやりと笑ったがそれもふてぶてしい笑いに思えた。

「おい、貴様……」

登は近づいて新谷の胸ぐらをつかみ上げたが、そのときふといい考えが浮かんだのを感じた。

「弥助、あさっての夜おれにつきあえ」

七

夜の町に霧が動いていた。いつの間にか身体がじっとりと湿って、小雨でも降っているのかと思うほどだったが、時どき雲が切れると空に月が顔を出した。雲と霧の見わけがつかなかった。

立花登と新谷弥助は、川庄の裏木戸から半町ほど離れた商家の、道から少し引っこんだ勝手口の暗がりにうずくまっていた。

「とにかく妙な暮らしぶりを改めぬといかん」

登は小声で説教した。

「そうしないと、いまにほんとに身を持ち崩すことになるぞ」

「お説教なら奥野さんに聞いた。ま、しばらくほっといてくれんか。わが身の始末は自分でつける」

顔をそむけたまま新谷がそう言った。貴様にそれだけの性根があれば、誰も心配はせん、と登は言った。だが真実はそんな性根など持ちあわせまいとも言ったが、新谷は答えなかった。

「いったい、いま何をやっとるのだ？」

「ま、用心棒のようなことだ」

「用心棒？　よからぬ連中のか？」

登がそう言ったとき、新谷がしっと制した。川庄の裏木戸のあたりに人が動いている。一人は女だった。おてつだろう。そしてほかの二人の男は源次と保次郎に違いなかった。どういう話になっているのか、三人はついと川庄の塀の内に姿を消し、裏木戸が音もなく閉まった。

登は首を振った。あの二人は大胆なのかバカなのか見当がつかんと思っていた。時刻は五ツ半（午後九時）を四半刻（三十分）ほど回っている。ひょっとしたら、しのぶで言った忠告が利いて、連中あきらめたかも知れんなと思いはじめた矢先の出来事だった。

「行くか？」

膝を浮かせた新谷を、登は手で押さえた。二人がひそんでいる裏通りに、異様なものの動きが起きていた。いつの間にか、さっき三人の男女が消えた裏木戸のそばに、黒い人影がへばりついている。それだけではなかった。登と新谷がうずくまっている勝手口の前を、三人ほどの黒い人影が走り抜けて行った。飛ぶように速い身ごなしで、足音を立てなかった。

部厚い雲が出て来たらしく、月がしぼむように光を失い、裏通りは不意に闇に包まれた。そしてもう一度うすい光が地上にもどって来たとき、裏木戸のあたりの人影は一人残らず見えなくなっていた。

よし、行くぞと声をかけて、登は軒下を飛び出した。新谷が後につづいた。裏木戸の前に達すると、登は新谷に眼くばせして、そっと木戸を押した。

「おい」

声をかけると、中から黒布で頰かむりをした男が顔を出した。男はあっと身体を引こうとしたが、登が手をたぐって男を外に引っぱり出した動きの方が速かった。すかさず新谷が男の腹に当身を叩きこんだ。

声も立てずに、男は地面に崩れ落ちた。黒のパッチ、黒足袋、足もとを草鞋で装った男だった。倒れた男を塀ぎわに寄せると、登と新谷は木戸の内に入った。

広い庭だった。植木の間を、一本の道が台所口の方にのびている。左右を確かめながらすすむうちに、植木が切れて、台所前の地面が見えて来た。そこに人が二人倒れている。長長と地面にのびているのは、源次と保次郎だった。盗賊たちは中に入りこんでいるらしく、ほかに人影は見えなかった。

登は、跪《ひざまず》いて二人の呼吸をさぐったが、案じることはなく、息は確かだった。だがどこか殴られているらしく、血の匂いがした。背負え、と新谷に手真似をし、登は保次郎をかつぎ上げた。

「中はいいのか？」

新谷は不服そうにささやいたが、登は首を振った。金平の話を聞いたかぎりでは、川庄の主人というのはかなりあくどい男のようである。その男を助けて、むささびの七とかいう盗っ人と張り合うことはないと登は最初から考えていた。今夜の役目は、義賊気どりの、いま気を失っている二人を救い出せば足りる。

だが、むささびの七とその配下は、登が考えていたよりも、もっと凶悪な連中だった。二人を背負い上げて塀の近くまでもどって来たとき、登は背後に重苦しい殺気が迫って来るのを感じた。

「新谷、気をつけろ」

登は前を行く新谷に声をかけると、保次郎を地面に投げ出した。身構える間もなく、登の眼の前に匕首《あいくち》がひらめいた。襲いかかって来た小柄な男は、おどろくほど身が軽く、登の手刀で匕首を叩き落とされると、軽がると飛びすさって樹の陰にかくれた。

休む間もなく、横手から腹を目がけて別の匕首が走って来た。体をかわしながら、登は男のうしろ頸に手刀を叩きこんだ。次の敵がもう眼の前に匕首を構えて迫っていた。

どしっと音がしたのは、新谷が敵を宙に投げ上げたのだった。眼の前に裏木戸があるのに、賊も逃げず、登たちも踏みとどまって乱闘がつづいた。逃げる気配を示せばうしろから刺してくる、そういう鋭さを隠している相手だった。

不意に鋭い口笛が鳴った。すると登を囲んでいた三人ほどの賊がすばやく裏木戸の方に走った。栗鼠《りす》のような身ごなしを持つ男たちだった。

「新谷、いい、追うな」

と登は声をかけた。新谷が一人の賊を追いつめているのを見たのだ。追いつめられた敵は不意に大きな松の幹に駆け上がったように見えた。だが次の瞬間、黒い姿はふわりと宙を飛び、一度軽く塀の屋根を踏むと外に姿を消した。

「ざっと十人はいたな」

源次と保次郎を外に運び出すと、新谷は荒い息を吐いて言った。新谷は袖のあたりを斬り裂かれ、登は手首にかすり傷を負っていた。

さっき当身を喰らわせた賊はいなくなっていて、路地には相変らずうすい霧が動いていた。二人はそれぞれ源次と保次郎を抱き起こすと、乱暴に活を入れた。


「どうだ、少しは懲《こ》りたかね」

と登は言った。登はその日昼勤めがあったが、昨夜の後始末が残っていたので、土橋桂順に昼までの休みをもらって、富山町の源次の家に来ている。

懲りたかと言われて源次はぶっちょう面をしたが、額に青黒いこぶをつくって、どことなく意気消沈している。保次郎は、あたしゃあんなこわいことは二度とごめんです、と言った。保次郎も首筋を赤く腫らしていた。

「義賊を気取って、川庄から巻き上げた金をおしづさんにやろうと考えたらしいが、そんな金はおしづさんは喜ばん。それよりは、だな。むかし世話になった源次ですと名乗って出て、稼いだ金でたまに活きのよい魚でもとどける方が、おしづさんはずっと喜ぶだろうが」

「………」

「あんたもそうだ」

登はうかない顔をしている保次郎をみて言った。

「師匠が帰って来るようにと言っておられたな。けっこう頼りにされているようだぞ。くだらん義賊ごっこをしているよりは、あの家でおとなしくしている方がいいかも知れんな」

保次郎はうなずいたが、あまりうれしそうではなかった。登は笑いがこみ上げて来るのを感じながら立ち上がった。

「来たついでだから、おしづさんを診て帰ろうか。お前さんの友だちだとでも言ってもらえばよかろう」

登がそう言うと、源次がはっと顔を輝かせた。そいつは有難いことで、と言った。外へ出ると、源次は神妙な顔になって、登をおしづが住む家の方にみちびいた。

化粧する女

一

立花登はその日明け番だったが、牢にもどったのは早かった。時刻は六ツ（午後六時）近いはずだったが、どんよりと薄曇った西空に、まだ日の気配が残っていた。まだはっきりとは梅雨が明けていないらしく、ひどく蒸し暑かった。深川富川町から、足をやすめずに歩いて来たので、ぐっしょりと汗をかいた。

——見回りの前に、湯をもらって身体《からだ》を拭《ふ》かぬといかんな。

と思った。ついでに、牢の中もさぞ蒸し暑かろうと思った。これから秋風が吹くまでの夏の間、牢内の暑さは、囚人たちに地獄の責め苦をもたらすのだ。酷寒の冬とならんで、多数の病人が出る時期だった。

浮かない顔で詰所に顔を出すと、やはり浮かない表情をした土橋桂順が、お帰りなされと言った。

「どうかしましたか？」

土橋があまり不景気な顔をしているので、登は畳に上がりながら聞いた。

「また、お見えになっておるのです」

と土橋が言った。登の顔が曇った。土橋のひと言で、たちまち一人の男の顔が頭の中に浮かんで来たのである。

頰骨の張ったいかつい顔に、どことなく物に憑《つ》かれたような眼を持つ中年の役人、奉行所吟味方与力高瀬甚左衛門。獄医としての登が、このところ一番気にしている人物だった。

「まだ、いるのですな？」

登は注意深く土橋の表情を見ながら言った。

「で、高瀬さまはいつものように？」

「多分、そうだと思います」

「多分？　牢医として立ち会わせて頂くとは、言われなかったのですか？」

土橋は、思わず鋭くなった登の声におどろいたように顔をあげた。

「いや、申し上げました。しかし高瀬さまは、今日は何もせぬ、房五郎とじっくり話し合うだけと申されましてな。それ以上おして附きそうことも出来かねました」

「こちらのお役人は？」

「小淵さまと新田さま、それに下男《しもおとこ》が二人ほど」

「ちょっと様子を確かめて来ましょう」

登は一度上がった畳から土間におりると、穿鑿《せんさく》所の方にむかった。

小淵は鍵役同心、新田昌助は打役同心である。その顔触れから言えば、土橋に言った言葉にもかかわらず、高瀬はまた囚人に牢問を加えているとしか思えなかった。

それが御定法どおりの牢問であれば、登が口を出すかぎりではない。獄医としては、牢問の執行と囚人の弱り具合を見守り、笞《むち》打ちなら笞打ち、石抱きなら石抱きの牢問が、囚人の命にかかわると判断したときに中止を申告する役目を負うだけである。

だが、高瀬甚左衛門が、房五郎という一囚人に近ごろ加えている牢問は、定法を踏んだものではなかった。第一に房五郎はすでに吟味を終ってお仕置きを待っているだけの囚人だった。罪名は押し借りで、敲《たた》きの上江戸払いと決まっている、と登は聞いている。この上牢問にかけるのは理屈に合わないことだった。

それに、高瀬はいつも単身で牢にやって来る。牢問を行なうときは、奉行所から物書役、徒目付《かちめつけ》、あるいは御小人《おこびと》目付が来て立ち会い、牢問の始終は、すべて書きとめられるのが決まりである。高瀬の調べは、その決まりを無視していた。

しかも、牢側の役人が、高瀬のそのやり方を暗に黙認しているようなのが、登には不審だった。

「黙認というわけじゃないが……」

登に聞かれた世話役同心の平塚が、めずらしく困惑した顔になって答えた。

「高瀬さまは、房五郎が押し借りなどというケチなことじゃなくて、もっと大きな悪事に加担している男とみているらしいな。百両とかいう大金がからんだ話だと言うぜ。しかし証拠がないので押し借りで引っぱって責めたが白状しねえ。やむなく刑を決めたが、高瀬さまは腹がおさまらねえのだな」

「……」

「あの顔を見たかね、先生。ありゃ物に憑かれたといった顔つきでね。牢の方としても言い分はあるが、事を荒立てるのも気まずい。ま、少し様子をみようということになっておるのじゃないか」

「お奉行所の方でも、そのおつもりなのですかな?」

「さあ、ひとのことは知らねえよ」

と平塚は冷淡な口調で言った。あらましの事情はそれでわかったが、以来登は高瀬には油断は禁物だという気持を持っている。

牢問にも、法に定められた決まりがある。囚人だから、いくら打ち叩こうが勝手だということではない。そのためにほかの役人も、医者も立ち会うのである。

だが高瀬甚左衛門は、百両の悪事を糾明することに執念のようなものを抱いているらしい。おそらく胸の中には、房五郎が江戸払いになる前に、たとえどのような手段に訴えてでも、白状させずにはおかないという気持をひとつ隠していると見なければなるまい。だからこそ、かくも頻頻と牢屋敷をおとずれるのである。眼を放せば、高瀬は無力な囚人に酷薄な力をふるいかねないと登は思っていた。

二

穿鑿所をのぞいたが誰もいなかった。登はあわてて役宅を出ると、牢の前庭にある拷問蔵にむかった。笞打ち、石抱きなどの牢問は穿鑿所で行ない、しかも吟味の一法であるので、これが行なわれることはめずらしくはない。しかし囚人をうしろ手に縛って梁《はり》から釣りさげる釣るし責め、または頭を両足の間にはさんで手足を縛る海老《えび》責めといった拷問は、めったに行なわれることがないし、場所も別になっている。それは拷問蔵と呼ばれる建物の中で行なわれる。

その建物は、役宅の方から庭に入るとすぐ左手に、塀にくっついて建っている。四畳の畳敷きに、三坪の白洲があるだけ、声が洩れ出るのを防ぐために、ほんの明かり取りの小窓がひとつあるだけの暗い建物だった。

めったに使わないので、建て替えるということもなく、拷問蔵は雨露にさらされて崩れかけた粗壁《あらかべ》をそのままに、廃屋のように建っている。陰惨な感じがする建物だった。

声をかけて登が戸を開くと中にいた人間が振りむいて登を見た。笞を持った高瀬と下男二人で、高瀬の足もとに、手足をちぢめた房五郎が半裸で倒れている。つき添いの同心の姿は見えなかった。うす暗い建物の中には、黴《かび》の匂いとかすかな血の匂いがただよっている。

高瀬の痩せた肩が、喘ぐように上下している。登が来る直前まで笞をふるっていたのだろう。高瀬は、暗い眼をじっと登に据えたが、登がかまわずに会釈して中に踏みこむと、笞を捨てて言った。

「御医師、あとはまかせる」

言い捨てると、高瀬は足早に建物を出て行った。下男の一人がその後を追った。鍵役の小淵同心を呼びに行ったのだと思われた。

登は房五郎のそばに膝を折ると脈をさぐった。脈はやや弱いが、乱れてはいなかった。次いで背中を見た。肩から腰まで、一面に血に濡れている。登が傷口をさぐると、横むきに丸まって倒れていた房五郎が、うめき声を立てた。

「腹もやられてますよ、先生」

と、残っていた下男が言った。弥作という中年男で、あこぎに袖の下をとったりしないので、囚人たちには好かれている男だった。

登は弥作に手伝わせて、房五郎を抱き起こした。房五郎は、低いうめき声を立てて身体を起こしたが、まだ両手でかばうように腹を抱えている。

「見せろ」

登は腕をどけて、房五郎の腹を見た。日にあたらない囚人の肌は、魚の腹のように青白い。その肌に、二筋、三筋黒い鬱血のあとが確かめられた。

――これは、ひどい。

登は茫然とした。笞打ちにも法がある。打つ場所は肩から背まで、しかも背骨をよけて打つのが決まりである。腹を打つというのはいかに奉行所与力でも無法な仕方だった。

「だいぶ、やられてるな」

登が言うと、下男の弥作が黙ってうなずいた。弥作の眼に憤るようないろがあるのを登は見た。

登は弥作に手伝わせて、房五郎に着物を着せかけた。身体を動かしたので、房五郎はつづけざまにうめき声を立てたが、痛いとは言わなかった。気丈な男だった。齢は三十半ばだろう。畳刺し職人と聞いていたが、屈強な身体つきの男である。

「あとで手当してやるが、牢に帰ったらいたわってもらえ」

と登は言った。手当てといっても、傷口に軟膏《なんこう》を塗ってやるぐらいのものだろう。それよりは、同房の囚人たちに撫でさすってもらう方が効くかも知れなかった。囚人たちは牢問にあった者をたくみに手当てする術《すべ》を身につけている。丹念に手のひらで撫でさすり、ところによっては揉《も》みほぐして、痛みをやわらげ鬱血を散らす。同房の連中に憎まれている囚人は、手当てを受けられずほっておかれたりするが、房五郎は憎まれてはいないはずだった。

登がそう言うと、房五郎はつむっていた眼をひらいて、ありがとうございますと言った。房五郎の顔には、笞打ちの責め苦に耐えたあとの凄惨な表情が残っていたが、声音はしっかりしている。

「与力さんが……」

と登は高瀬のことを言った。

「何を狙ってあんたを責めているのかは知らんが、隠していることがあったら、白状することだな」

「………」

「医者として言うのだが、そうせぬと生きてここを出られぬかも知れんぞ」

「ありがとうございます、先生」

と房五郎は言った。声音は少しかすれているが、やはりしっかりした口調だった。

「でも、何を白状したらいいのやら。あっしには隠していることなんぞ、何もありませんので」

登は房五郎の顔を見直した。房五郎のしっかりした口調から、逆にその言葉の裏に何かが隠されている感じを受け取ったのである。並みの囚人なら、これぐらいの折檻《せっかん》を受ければひいひい言う。恥も外聞もなく泣き出す手あいが多いのを、登は見て来ている。

房五郎は畳刺しだという。出来心から押し借りを仕かけた男だと聞いている。それにしては腹の据わった男だった。

——この男、何者だ?

はじめて、その不審を持った。それまで、ただ一方的に高瀬与力の無法な吟味にむいていた気持が、はじめて痛めつけられている男の方にむいた感じである。

房五郎には、高瀬が疑うような隠し事があって、その悪事を隠し通すためにはどのような責め苦にも耐えてみせると思っているのではないか。それとも、そう思うのは考え過ぎで、この男は少少の折檻にはへこたれない度胸の据わった男なのか。そういう男もまた囚人の中にいることはいる。責める方が顔青ざめるような石抱きの牢問に、せせら笑いで平然と堪える人間もいるのだ。

「お前さんに、少し聞きたい」

登は房五郎の前にうずくまると、低い声で言った。憔悴《しょうすい》した顔つきで、房五郎は登を黙って見返している。

「高瀬与力はいったい……」

登が一歩踏みこんで聞こうとしたとき、拷問蔵に、人が近づいて来る足音がした。

登は立ち上がって外に出た。いそぎ足にやって来るのは鍵役同心の小淵と平番同心の笹井、ほかに下男二人だった。登は鍵役の小淵同心を、拷問蔵の横手に誘った。

房五郎に抱いた疑問は疑問として、医者として一応言っておくべきことがあった。

「高瀬さまの牢問ですが、ちと腑に落ちかねるところがあります」

「………」

「今日の笞打ちでは、腹まで打っております。かような仕方は許されておらぬはずですが、いかがなものでしょうか。加えて医者の立ち会いを拒まれた由ですが、これも法に違《たが》っております。いずれにしろ、やり過ぎとしか思われませんが、このことは奉行所の方でもご承知の上のことでしょうか」

小淵は答えなかった。顔色を曇らせたまま黙って登を見ている。小淵は牢問同心の中でも、温厚な人柄で知られている。

「高瀬さまが、何事か吟味のし残しありと考え、思いつめておられるご様子はわかりますが、このままあの方の手に囚人をゆだねておいては、遠からず死人が出ようと、医者としては申し上げざるを得ません」

「わかった」

と小淵は言った。憂鬱そうな顔をしたままでつづけた。

「さっきの話だが、高瀬さまははじめ奉行所の黙認を得ておるように申されたが、事実は違うらしい。それについては、我われの間でも議論があった。お見込みはどうあれ、法に違う再吟味はご遠慮願わねばならんということになって、じつはこちらのお奉行まで申し上げた」

小淵がこちらの奉行というのは、囚獄の石出帯刀《たてわき》のことである。牢屋の一切を指揮するのがこのひとである。

「ところが、お奉行の裁断は、しばらく高瀬与力のやることを黙認せよ、というものであった。高瀬さまは、そうせざるを得ないわけを述べ、お奉行の黙認を取りつけたということだったらしい」

「……………」

「そういう次第でな。我われ牢側の者としては不満もあるが、しばらくは静観のほかはない。ただし、医者の立ち会いを拒むなどは以てのほかのこと。それがしから高瀬さまに強く申し入れておこう」

鍵役同心はほかの同心の倍扶持をもらい、囚獄に次ぐ権威ある役目である。小淵の言うことは信じられた。

登がうなずいたとき、拷問蔵から下男に支えられた房五郎が出て来た。下男二人が、両腕の下に肩を入れて担《かつ》ぐようにしていたが、房五郎は自分の足で歩き、まっすぐ前をむいたまま、牢の方に遠ざかって行った。

三

次の明け番の日、登は見回りを済ませると、すぐ牢を出た。高瀬与力のことも気になるが、外にいそぎの用があった。

土橋に、高瀬が来たら何としても立ち会わせてもらうように念を押して牢を出ると、登はまっすぐ深川にむかった。暑い日だった。灼くような日が頭から照りつけ、それでいて空気はどことなくしめっていて、登は両国橋に出るまでに早くもひと汗搔いた。

今年は俗に言う空梅雨というものらしく、まとまった雨が降ったという日は幾日もないままに暑さだけがつのり、そのまま梅雨があける気配だった。江戸の町の上には、ひとつまみの雲もない。

登は人混みにまじって両国橋を渡ると、そのまま竪川べりに出て、河岸伝いに東にいそいだ。川の上にぎらぎらと日の光が躍るのを眺めながら、登は三ツ目まで歩き、そこで橋を渡ると、徳右衛門町を横切って武家屋敷がならぶ屋敷町に入った。その道をどこまでもまっすぐにすすめば、肥後新田の細川能登守下屋敷に突きあたるが、登は途中で右に曲った。

そのあたりは旗本屋敷や御家人の組屋敷が密集している町で、塀が立ちならんでいるが樹木も多い。樹影がかぶさっている道をたどって行くと、思いがけない風が吹き抜けて、登はようやく息を吹き返した思いだった。

組屋敷の中に入ると、井戸のそばで歯をみがいていた男が、怪訝《けげん》そうに登を見た。皮膚のうすい、のっぺりした顔だちの若い男だが、むろんこの組屋敷に住む人間だろう。登は軽く会釈してそばを通り抜けると、村谷《むらや》徳之助の家の前に立った。訪《おとな》いを入れようとしたとき、うしろであわ、わ、わという声がした。振りむくとさっきの男が、口に楊枝《ようじ》を突っこんだまま手を振っている。男は口の中のものを吐き出すと、ようやくはっきりした声を出した。

「医者を呼んだおぼえはないが、どこかよそと間違えとるのではないか」

「あなたさまが、村谷さまですか？」

登が言うと、男はそうだと言って、口から垂れさがったよだれを拭いた。どことなくしまりのない感じがする男だった。

「初めてお目にかかりますが、私は新谷《しんたに》弥助の道場仲間で、立花と申す者です」

「ああ、聞いた、聞いた。この間もたずねてくれたそうだな」

ちょっと待ってくれ、いま顔を洗うと言って、村谷は登に背をむけると大いそぎで顔を洗った。

「ま、入ってくれ」

村谷は先に立って、登を家の中にみちびきいれた。

「女子《おなご》どもは出かけておって、茶も出せんが、まあ坐ってくれ」

村谷は家の中に入ると、小まめに動いて水と煙草盆を運んで来た。

「煙草はやらんかな」

「いや、お水を頂きましょう」

登は水を飲んだ。喉が乾いていたのでうまかった。

「いや、貴公のうわさは、新谷から聞いとった」

村谷は煙草をくゆらしながら言った。

「起倒《きとう》流の名手だそうじゃの」

「いえ、それほどでもありません」

「この間は失礼した。なにせ急に城勤めということに相成って、これがけっこういそがしい。今日は久しぶりの非番でちと朝寝したところだ」

村谷の家は御留守番与力を勤め、当主の村谷孫左衛門が急な病気で出仕がかなわなくなったので、急遽徳之助が婿に迎えられたのである。孫左衛門が祝言が済んでひと月後に病死したので、徳之助が跡を襲って城に勤めている。そういうことを、登は前に新谷の母から聞いていた。

御家人とはいいながら、あの家は譜代格で百五十俵取り、松原の徳之助さんはいいお家に婿に参られましたと、新谷の母は、深川で遊びほうけているわが子にひきくらべてうらやましいという顔をしたのである。

「ところで、今日おうかがいしましたのは、じつは新谷のことで……」

「ああ、聞いた、聞いた。女子どもがそう言っとったな。弥助がどうかしたかな？」

「じつは、この春からほとんど道場に顔を出しておりません。それはいいとして……」

新谷は深川の盛り場あたりに入りこんで地回り連中とつき合い、めったに家にも帰らない。身辺には酒と女がつきまとっている気配で、道場仲間はむろんだが、新谷の家の者が非常に心を痛めている。

なぜ急に、こうも身を持ち崩すに至ったのか、われわれには解せないが、何か心あたりはないかと、登は聞いた。

「ほう、仲町の盛り場で？　なるほど」

徳之助はあぐら姿になり、あごを撫でた。

「で？　本人は何と申していたな？」

「何かよんどころない事情で、どこかの用心棒めいたことをしているという話でしたが、その事情とやらも、また何の用心棒かも、口を緘《かん》して語らぬというわけで、われわれも往生しております」

「ははーん」

「新谷からお聞きおよびかも知れませんが、道場の方では老師がもはや高齢で、いずれは師範代の奥野が跡をつぐという話になっております。そうなると、新谷とそれがしが奥野を援《たす》けて後輩をみちびくという形になりますが、それがしは勤め持ち、また柔術家で身を立てる望みも持ってはおりません」

「牢医者というのは役得があるのかの？」

「いやいや、そのようなことはまったくありませんが、叔父が福井町で町医をしておりまして、いずれはそちらをつぐことになりますので。それはともかく、右のような事情もあり、いやそういう道場の事情はさておいても、積年のまじわりからして、新谷をこのままには見過ごしに出来ない気持があって、こうしておうかがいした次第です」

「いや、ごもっとも。お気持はよくわかる」

そう言うと、村谷徳之助はつるりと顔をひと撫でした。

「参ったな。こらあわしにも一半の責任があるなあ」

「と、言いますと？」

「新谷のばあさまに聞いたかも知れんが、弥助に遊びの味を手ほどきしたのは、じつはこのわしでな。ばあさまの眼をぬすんでは、ちょいちょい引っぱり出して仲町のあたりに遊びに連れ出していたのだ」

「………」

「ひとくちに仲町と言っても広いが、場所は決まっていて、裾つぎにある小舟屋という小料理屋だ。さほど高い金を使わなくとも、けっこう遊べる。わしなど長いつき合いゆえ、金がないといえばツケで遊ばせてくれた。金などいらんということもあった。もっともこれには裏があってな」

徳之助は、さっき家の中には誰もいないと言ったくせに、窺うような眼で台所や入口の方を見てから、急ににやにや笑った。

「小舟屋のおかみというのは、それさ、齢はわしより三つ四つ上、つまり三十を越えておるのにどうしてどうして美形じゃった。肌にさわったぐあいなどは、ま、二十の娘だな。わしはこの女子と情を通じておった」

不潔な男だ、と思ったが登は黙って聞いていた。すると、徳之助が急に顔をしかめた。

「ところがだ。わしにはこの村谷の家との間に婿養子の話が持ち上がった。もう仲町のあたりでうかうか遊んではおられん。わしの実家は年五十俵三人扶持、村谷は百五十俵じゃ。千載一遇の好機といったものでな、身辺を清めておかねばならん。そこでわしは、小舟屋のおかみ、おりんという女子だが、おりんに長長世話になったが、そういうわけで、名残り惜しいがもうここには足踏み出けんと言ったわけだ。そうしたら、この女子正体をあらわしよった」

それはおめでとうございます、と言って奥にひっこんだおかみは、これだけツケがたまっておりますと言って書きものをつきつけて来た。十三両何分という大金で、書いたものをみるとおかみと寝た分もちゃんと勘定に入っている。

徳之助が怒ると、おかみは涼しい顔で、払ってくださらなければ親分に言いつけますと言った。親分というのは裾つぎ一帯を取りしきっている地回りの親方で、妾を何人も持っている。おりんもその一人だということを承知で盗み喰いしていた徳之助は、その一発で参った。その親分に、家に乗りこんで来られたりして、それが近所の評判にでもなれば、婿話などたちどころにふっ飛んでしまう。

「とどのつまり、長持の底から家に伝わる刀を持ち出して売ったが、これが大した物じゃなくて、ツケと申す金の三が一は残ってしまった。そのうちに縁組みは正式に決まって、婿入りの期日は迫る。わしは往生した」

「………」

「するうちに、新谷がわしを気の毒がって、あとはおれが引きうけると言い出したわけだ。かなりわしのおごりで飲み喰いしておるからして、やつも責任を感じたらしい。そこで小舟屋に連れて行って、残りはこの男が払うということで手を打ったわけだ」

「すると新谷は、つまりそのときの借金のカタに小舟屋の仕事をやらされているわけですかな？」

「さよう、案じるにやっこさんこき使われておるな。しかし、待てよ……」

徳之助は、大あぐらの膝の上で指を繰った。

「ひい、ふう、みいと。や、あれからかれこれ四月《よつき》にもなるなあ。かりに月二両の安手間としても、む、む」

徳之助は天井をにらんだが、その顔を登にもどすと、またしまりのない笑顔になった。

「立花さん、こりゃ怪しい、大いに怪しい」

「何がですか?」

「弥助のやつ、あの女狐にたぶらかされておるようだな。いくら何でも、借金の払いだけならとっくに終ったはずだ」

「すると……」

と言ったが、登はそこで絶句した。いくら女にうとい登でも、徳之助の言っていることはわかる。新谷は村谷徳之助の借金の尻ぬぐいは終ったものの、あやしい女にからめとられて、仲町から抜け出せないということらしかった。徳之助のその見込みはあたっているという気がした。

——厄介なことになった。

登はそっと溜息をついた。新谷のどことなく荒《すさ》んで見えた顔が思い出されて来た。新谷に、残る借金の尻ぬぐいをさせて、いい家の婿におさまった男は、にたにた笑いながら言った。

「おりんというのは、ちょっとした女子でな。弥助などは若いから、一度かわいがられたらちょっとやそっとで逃げ出せるもんじゃない」

「……」

「なに、女がひきとめるわけじゃない。男が夢中になるのさ。齢から言えばそろそろばばあなのだが、その身体と申すものが、じつに……」

徳之助が声をひそめて露骨な言葉を口にしかけたとき、小さな足音が家の中に入って来て、ただいまもどりましたと言った。家つきの若新造がもどって来たらしい。その声を聞くと、徳之助はバッタのように跳びはねて居住いをただし、少し気取った声で言った。

「客人じゃ。さっそくだが、茶を持ってまいれ」

四

暑い日に照らされて、登は両国橋を渡った。まっすぐ叔父の家にもどる気になっていた。

今朝、見回りを済ませると早早に牢を出たとき、登は村谷徳之助に会って新谷のことを聞いたあと、諏訪町裏に回って、そこに住む百助という岡っ引に会う心づもりだったのである。百助は房五郎をつかまえた男である。

平塚同心から、その名前を聞き出したのは、房五郎をつかまえた男に会えば、高瀬与力が何を疑ってああも執拗に房五郎を責めているのか、そのへんの事情をいま少しくわしく聞けるだろうと思ったのである。平塚は百両の金がからんだ話だというだけで、くわしいことは知らなかった。

百助という男に会って、平塚が言ったような大金がからんだ事件があり、その事件に、房五郎が疑われても仕方ないようなかかわり合いを持っているとわかれば、登が出る幕はない。せいぜい、無法な牢問で囚人が命を落としたりすることがないように、気を配るぐらいのことしか出来ない。

しかし、もしや房五郎にかけられている疑いがいい加減なものだったり、濡れ衣と思われる節があるときは、いま行なわれている高瀬与力の吟味について、牢役人にいま少し強い意見を述べねばなるまい、と登は思っていた。そう思わせるのは、物に憑かれたような高瀬の眼つきだったかも知れない。吟味与力のやり方は、どう考えても常軌を逸している。

だが、村谷徳之助の家を出たあたりで、登は自分がひどく浮かない気分に落ちこんでいることに気づいたのである。朝の意気込みは失われていた。

牢の房五郎の一件には、胸が悪くなるような暗い感じのものがひとつつきまとっている。村谷に聞いた新谷弥助の事情というものも、かんばしいものではなかった。どちらも見過ごしには出来ないかかわり合いがあることはわかっているが、いささか息がつまった。気分が重苦しかった。

——おちえは家にいるかな。

浅草御門をくぐりながら、登はそう思った。めずらしく従妹《いとこ》のおちえの顔をみたい気持になっていた。男友だちと盛り場を遊び歩き、娘だてらに酒に酔いつぶれたなどということもあるバカ娘だが、おちえは若くて、姿かたちならそんじょそこらに見かけないほどうつくしい。登は急に渇くように、この若くてきれいな従妹に会いたくなっていた。

——気持が参っているとみえる。

と登は自分を顧み、舌打ちした。牢屋勤めには、一点耐えがたいような部分がある。ふだんは馴れで、深く気にもとめないが、今度の房五郎のようなことが起きると、その耐えがたい部分があからさまに顔を出して、じわじわと気持を侵しにかかる。身も心も滅入って来るのだ。いまがその時期だった。だからあの若いだけ、きれいなだけのバカ娘が救いの女神のように思えて来たりするのだ。

——いや、待てよ。

そう言ったものでもないか、と登は思い返した。村谷徳之助に、いずれは叔父の跡をつぐ身で、と言ったことを思い出したのである。あれは、ひょいと本音が出たようでもあると登は思った。

叔父夫婦は、とっくの昔に登をおちえの婿に据えて、老後は左うちわと決めてしまったらしく、近ごろは言葉のはしばしに平気でそういうことを匂わせる。

冗談じゃない、と登は思っていた。漠としたものだが、登にも若者らしい望みはある。どこそこの医師が新しい治療法を考え出し、これまで不治とされて来た難病を治した、などという噂を聞くと、血がざわめく。やはり学問しなくては、と思い、いつまでも牢医者ではいないぞ、はやらない叔父の家をつぐなどはまっぴらだと心に誓い直す。

怠け者で酒のみの叔父、口やかましくて金銭にこまかい叔母、顔はまあまあだが遊び好きで何を考えているかわからないおちえ。どっちをむいたところで救いはない。こんなのにつかまったらおしまいだと思い、牢屋勤めの明け番にも、口実をかまえてなるべく叔父の家に寄りつかないようにしている。

つまりいつでも逃げ出せるだけの用意をしているつもりなのだが、にもかかわらず登の心の中には、どこかあきらめに似た気持がひとつひそんでいることも事実だった。叔父の家に寄食して来た長い年月が、登をひきとめるようでもある。

あれだけ叔母の尻にしかれている叔父が、ずいぶん反対もされたろうに、よくも自分を江戸に呼んでくれたものだと思う気持。たしかに口やかましいが、いやな顔ひとつせずに汚れ物を洗い、繕い物をしてくれる叔母、そういえばこの間は月の小遣いを一分ふやしてくれたしなどと思ったり、おちえも以前にくらべれば、少しは行状も改まったようではないかと見直したり、要するにそういう日常の感慨の底に、少しずつあきらめの気持がたまって来て、ある日は不意に、叔父の家の婿におさまったからといって、学問が出来ないわけでもあるまいと思ったりする。

そして実際に、叔父の家を逃げ出す機会は、そうたやすくはやって来なかった。今日は村谷徳之助の前で、日ごろのそういう気持がひょいと口に出てしまったような気もした。

「あら登兄さん。お帰りなさい」

玄関に入ると、奥から出て来たおちえがそう言った。兄さん？　いつからそう呼ぶことになったのだ、と思ったが悪い気はしなかった。おれもだんだん格が上がって来たと思った。

「今日は早かったじゃないの？」

「うむ、急におちえの顔を見たくなってな」

「あら、いやだ。変なひと」

とおちえは言った。ま、こんなものだろう、この娘にあんまり期待しないことだ、と登は思った。だがおちえの顔を見、声を聞いただけで、やっとまともな世界にもどって来たような気がすることも確かだった。牢の中には吉益東洞《よしますとうどう》先生ではないが、一毒がある。気づかぬうちにその中に住む者の心を侵す。

「いやにひっそりとしてるな」

家に入りながら登が言った。台所の方で水の音がするのは、おきよ婆さんが物を洗っているのだろう。ほかはひっそりしている。

「叔母さんは？」

「買物があって日本橋まで出かけた。父は吉川さんのところ。碁の集まりがあるんですって。母さんが出かけると、すぐに出て行ったわよ」

二人は顔を見合わせて笑った。叔父も医者仲間の吉川も酒好きで、共に女房の尻に敷かれている。二人は家人の隙をみては落ち合い、酒のあるところに繰り込んで、飲みながらわが女房の悪口を言うことを人生無上の快としているらしい。そういうことはどこからか洩れるものらしく、叔母が叔父をつかまえて厭味を言っているのを聞いたことがある。いそいそと出かける叔父の後ろ姿が眼に見えるようだった。

登は玄関わきの自分の部屋に入ると、羽織を脱ぎ捨てて横になった。よし、それなら夕方までのうのうと休めるな、と思った。叔母がいると、あれこれと用事を言いつけられて、とても昼寝どころではない。

「おきよさんが、すぐご飯にしますかって」

もどって来たおちえが、部屋をのぞきこんで言った。言われてみると腹が空いている。

「うむ、飯を喰って、行水をつかう。それから昼寝だ」

と登は言った。ひさしぶりに快い解放感に包まれていた。部屋の中は、登が留守の間もちゃんと掃除しているらしく、さっぱりと整っているし、畳も牢の詰所のように饐《す》えたような匂いはしない。

それに部屋は明るかった。開いた窓のすぐそばまで柿の枝がのびているが、葉かげを洩れる日射しが、部屋の天井や壁に、無数の光の粒になって散乱し、わずかの風に踊りはねる。横になっていると、そのまま うとうとと眠くなるようだった。

昼飯を喰べると、登はおきよ婆さんに湯をもらって外に出た。軒下の盥《たらい》を持ち出して井戸端に据えると、湯を入れ、水を汲んだ。そばにある無花果《いちじく》の枝に着物を投げかけ、下帯ひとつで盥に身体を沈めた。下帯はついでに後で洗おうという算段だ。

叔父が留守なのを知っているように、病人がおとずれる気配はなかった。もっとも叔父がいてもめったに病人など来ないのだ。朝から歩き回って汗に濡れた身体を洗うとさっぱりした。無花果の木陰になっている井戸端には、涼しい風が通っている。

登は小声で端唄のひと節を歌った。何かの慶事があって、牢の役宅で酒が出たとき、平塚同心に聞いた唄だ。

「登兄さん、背中流しましょうか？」

不意におちえの声がした。ぎょっとして振りむくと、玄関口におちえが立っていた。流しましょうかと言ったが、そのつもりで出て来たらしくおちえは赤い襷《たすき》で袖口をたくし上げている。日に照らされて、真白な二の腕が見えた。

眼をそらして、登はむ、むと口ごもったが、よし、やってくれと言った。おちえはためらう様子もなく寄って来ると、手拭いを受け取り、片手で肩につかまってごしごし洗いはじめた。

「ひどい垢《あか》」

とおちえが言った。

「牢ではお風呂に入らないの？」

「五右衛門風呂がひとつあるが、いまこわれていてな。しばらく入っておらん」

「きたないなあ」

おちえは丹念に垢を落としている。時どきおちえの息が首筋にかかって、登はくすぐったい。おれもずいぶん大事にされるようになったものだ、と陶然と思った。つい一年ほど前までは、体《てい》のいい下男扱いで、この娘にも呼び捨てに名前を呼ばれていたのだからな。もっともおちえはあのころ、生意気ざかりのほんの小娘だった。近ごろいくらか女らしくなって来たが。

「このごろはどうだね？」

「え？」

「悪い仲間とつき合ってはおらんだろうな」

「大丈夫。心配しなくとも」

くくとおちえは含み笑いをした。背中を洗う手は休めない。しなやかな指が肩のあたりを行き来するたびに、登の全身にくすぐったいような感覚が走る。

「むかしの仲間でつき合っているのはみきちゃんぐらいね。あたしこのごろ、みきちゃんと一緒にお針の稽古に通ってるのよ」

「ほう。それはけっこうじゃないか」

変れば変るものだと思ったとき、おちえが背中にざぶりと湯をかけて、はい、おしまいよと言った。

「や、さっぱりした」

「そうでしょう。きれいにしてやったもの」

おちえが誇らしげな顔をした。

「これで夕方まで、ひと眠り。言うことなしだな」

「でも、もうじき母さんが帰って来るわよ」

「なに？」

「八ツ（午後二時）前にはもどるって言って出たもの」

「や、こうしてはおられん」

がば、と登は盥の中に立ち上がった。するとおちえがきゃっと言って手で顔を覆うと、玄関の方に逃げて行った。

——何だ?

登はあっけにとられて家の中に駆けこむおちえを見送ったが、眼を下腹に移すと憮然とした顔になった。濡れた下帯の前が、怒髪天を突くといった案配に、元気よく持ち上がっている。

——やはり、百助のところに行ってみるか。

身体を拭きながら、登はそう思った。叔母につかまったら、夕方までこき使われるのが眼に見えている。

五

百助は、小柄だがでっぷりと太った老人だった。髪は光るような白髪で、岡っ引らしくない柔和な眼をしている。

「手塚屋に入った押し込みは、男二人だったと、これは手塚屋の者の話でわかっております。その一人が房五郎ではないかと疑われたのですな」

手塚屋は駒形町の表通りに店を張る繰綿《くりわた》問屋である。店構えはさほど大きくないが、裕福な商人で知られている。その店に盗賊が入ったのが、今年の春先、二月も末のことだった。

盗賊二人は、店の者を縛り上げると、まっすぐに金箱を隠してある部屋に入り、有り金百両あまりを奪って逃げ去った。一人も人を傷つけず土蔵も開かず、当座の金ばかりを残らず奪って消えた手並みがあざやかだった。

「房五郎が疑われたわけというのは？」

と登は聞いた。

「ご存じのように房五郎は畳刺しで、田原町の畳屋、親方は吉蔵というおやじですが、ここで働いていました」

手塚屋では二月の半ばごろに、店の畳替えをした。仕事は以前から出入りしている田原町の吉蔵に頼んだので、吉蔵の家の職人が、数日手塚屋に入りこんで仕事をした。職人は五人で、房五郎が親方代理でほかの者を指図した。房五郎は最後の一日は、自分一人で来て、仕事のあとを念入りに見回って帰った。手塚屋が押し込みに襲われたのは、それから十日も経たないうちである。

「それだけじゃ引っぱれねえ、とあたしは小池さまに申し上げたのですが……」

百助は、手札をもらっている奉行所の定町廻り同心の名前を言った。

「お聞き入れにならなかった。迷わずに金箱をしまってある部屋に行ったのは、よほど手塚屋の家の中を知っている者だというお見込みでございますな。家の中を知っているといえば、まず店の者ですが、家族から奉公人まで残らず調べたが、盗っ人につながるような筋は出て来ねえ。畳屋の連中は、むろんことのほか厳しく調べました。そのほか客筋から店に出入りの小商人のはてまで、ずいぶん手びろく調べましたが何も出て来ませんでしたな。そうこうしているうちに、あたしが使っている男が、房五郎の押し借りの一件を聞き込んで参りましたもので、小池さまはこれで引っぱれると思われたのでございますよ」

「お前さんは気がすすまなかったのだな？」

「はい、なにしろ証拠がございません。ご無理でしょう、と申し上げました。しかし、あたしの勘でも、一番くさいと思うのは五日も六日も手塚屋に入りこんでいた畳屋の連中でしてな。ともかく房五郎を押し借りでひっくくってみる、その上でちょいと責めてみようと言われると、それも無理とは言えませんでしたよ」

「押し借りというのは、どういうことだったのかな？」

「房五郎の女房というのが、なかなかの働き者で、家の中でも内職の手を休めない女ですが、これがちょいと渋皮のむけた顔をしているものですから、時どきは東仲町の料理屋に手伝いなど行っておりました。二人の住まいはすぐ裏の三間町でござんすから、ま、小遣い稼ぎに近所に手伝いに行っていたようなもので。ところが、この女房を主《あるじ》ある女と知りながらくどいた男がいた」

くどいたのは、湯島天神下に小間物店を構えている喜多屋惣兵衛という男だった。房五郎の女房はおつぎという名前だが、むろんいやがって、惣兵衛が来ると逃げ回っていたという。ところが、この小間物屋の旦那は、なかなか強引な男で、存分に酒に酔った夜、おつぎをつかまえると手籠めにかかったのである。たかが畳屋の女房と、バカにしてかかった節がある。おつぎは料理屋の手伝いをやめた。

房五郎が喜多屋に押しかけて、押し借りをやったのはそのあとの事で、ゆすり半分に借り出した金が六両だったという。二年ほど前のことで、むろん房五郎はその金を返していない。

「とりあえずこれで引っぱろうと小池さまは申しました。むろん六両という金は、少ない金じゃございません。近ごろは間男の堪忍料も五両を切るそうですからな」

百助は老人らしくない白い歯をみせて笑った。

「おつぎは手籠めにされかかったが、やられたわけじゃなかった。それにしては大枚の堪忍料で、房五郎はよっぽど腹に据えかねたものでございましょうよ」

百助の口調は、どことなく房五郎に同情していた。ふと浮かんで来た疑念に動かされて、登が言った。

「その押し借りだが、そのとき一度だけでしょうな」

「一度？」

た。百助は口をつぐんで登を見た。柔和な眼が細められて、きらりと光ったようだった。百助ははじめて、長年十手を握って来た岡っ引の表情をみせ、不快そうに言った。

「むろん一度だけですよ。地元で、そんなことを二度も三度もやられて知らずにいるようじゃ、岡っ引の沽券《こけん》にかかわります」

房五郎の家の在り場所を聞いて、登は百助の家を出た。表通りは千住街道で、ひっきりなしに人が往来している。中には旅姿の者もまじり、荷を積んだ馬も通った。日は西に傾いて、道の向う側の町並みの影が濃く長くのび、街道の半ばまで覆いかぶさっていた。登は眼の前の人通りを眺めながら、しばらく思案したが、やがて通行人の間を横切って向う側の町に入った。房五郎の女房に会ってみる気になっていた。

六

百助をたずねるまでは、房五郎の女房に会うことまでは考えていなかったのだが、会って押し借りのことを聞いたあとで、少し気持が変った。針の先ほどのものだが疑問があった。その疑問は、高瀬与力の牢問に血まみれになりながら屈しない房五郎という男と、どこかでつながっているような気がするのだ。

押し借りは一度だけかという登の質問は、百助を怒らせたが、そのとき登が感じていたのは、女房を手籠めにされかかったからといって、そういう目にあった亭主がすべて相手にゆすりをかけるわけではあるまいということだった。

実害はなかったのだから、まず大ていなら女房の勤めをやめさせるぐらいで泣き寝入りするのではないか。中で気が強い者は、相手の家にどなり込んで行くかも知れない。胸ぐらを取って、この野郎と頭を二つ三つ殴るなどということもないとは言えない。だがこれはごく数少ないだろう。

そしてそれを種に相手から金をゆすり取るということになると、これはもっと少ない。しかも百助からくわしく聞いたところでは、房五郎は自分から借用証文を書き、爪印を押して六両の金を受け取ったというのだ。房五郎に乗りこまれて、おそらく喜多屋はふるえ上がったはずである。証文を受け取っても、貸した金だからと取り立てに来るわけはない。そこまで読んで、借りた体裁をつくったところに狡猾《こうかつ》な感じさえあるではないか。

浮かび上がって来るのは、ただの畳刺し職人ではなかった。知恵もあり、度胸もある一人の悪党の姿なのだ。その姿が、高瀬与力の責めにしぶとく耐えている房五郎に重なる。

百助にはそこまで言わなかったが、房五郎の押し借りの中身を聞いたとき、登は一瞬、女房が組んではいまいかと疑ったのである。それを言ったら、百助はもっと怒ったかも知れない。

だが登は、長年牢屋勤めをしているうちに、さまざまな囚人を見て来た。無実の罪に泣いている者もいた。思いがけない事情から、考えもしなかったような罪を犯してしまい、終日茫然としている囚人もいた。だが中には、罪を犯すことなど屁とも思わないような、煮ても焼いても喰えない真の悪党もいたのである。

房五郎がそのたぐいの男かどうかは、まだわからなかった。百助の話を聞いたかぎりでは、百助自身も言っていたように、房五郎を手塚屋の押し込みにあてはめることは無理だと思った。奉行所でもそう思ったから、結局は押し借りの罪だけで判決をくださざるを得なかったのだろう。

だが登は、百助に会ったあと、房五郎に対する心証が前よりも黒くなったのを感じている。ひと筋縄ではいかない感じが匂って来るのだ。女房に会って、もしさっき疑ったようなことが確かめられれば、心証はもっと黒くなるだろう。それと高瀬与力のやり方を認めるかどうかは別のことだったが、登は一応房五郎という男の正体を確かめずには済まない気持になっていた。

——女房に会ってみよう。

会って聞いたところで、その女房がぺらぺらと聞くことに答えるかどうかはわからない。だが会えば何かつかめるような気もした。

百助に聞いた道は迷路のように入り組んでいて、登は途中で二度ほど後にもどったりしたが、やがて教えられた裏店《うらだな》の前に出た。路地に入ろうとしたとき、十人ほどの子供が、喚声をあげて木戸の内から走り出て来て、登の身体にぶつかりながら、あっという間に横をすり抜けて行った。

木戸をくぐると、路地にたまっている暑熱が、どっと登の顔を包んで来た。その暑い空気には、魚の焦げた匂い、物の饐《す》える匂い、乳の匂い、そしてかすかに小便くさい匂いまでまじっている。日は斜めに路地にさしこんでいて、片側の屋並みの羽目板のそりかえったところまで照らし出し、むかい合う家家の方を濃い影で包みこんでいた。

――百両か。

登は度肝を抜かれたような気持で、あたりを見回した。房五郎が手塚屋に入った賊と疑われて折檻《せっかん》をうけていることを、改めて思い出したのである。

眼に入る風景はひたすらに貧しく、さっきあれだけの子供たちが飛び出して行ったのに、路地の中にはもうひと回り小さい子供たちが群れ、騒騒しく駆け回っている。百両の金をわが物にした男とは釣り合わない光景にみえた。ここに百両の金を隠すのは、ちょっと無理だなという気もした。

井戸端に、髪ふりみだし、股を踏みひらいて米をといでいる女たちがいる。登が近づくと、女たちは手をとめて登を見上げた。

「おつぎさんというひとの家はどこだろう？」

登が聞くと、一人が立ち上がって、濡れた手でその家を指さした。

「むこうからね、ほら、三軒目の家だよ」

「いま、おりますか？」

「いるよ。さっき家の前を掃いてたもの」

「や、ありがとう。手を休めさせて悪かったな」

「おつぎさん、どっかぐあいでも悪いかね」

と女が言った。色の黒い出っ歯のその女は眉をひそめている。登の風体から医者だとわかったのだろう。

ほかの二人も立ち上がったので、登はあわてて手を振った。

「いやいや、そうじゃない。ちょっと頼まれたものがあって来た」

登は路地を染めている日射しを横切って、房五郎の家の軒下に入った。戸がやや傾いて、あたりの家と変りないたたずまいだが、さっきの女房が言ったように、家の前がきれいに掃き清められている。その箒《ほうき》が戸の外に立てかけてあった。

戸は開いていて、のぞくと土間にも掃いたあとがみえる。正面の障子の破れを、器用につくろっているのも眼につき、小ざっぱりした住居に見えた。亭主が牢に入っている陰気さは感じられなかった。

訪《おとな》いを入れると、奥で小さな返事の声がし、すぐに一人の女が出て来た。ほっそりとした身体つきの若い女だった。二十を二つとは出ていないだろう。登は意外な気がした。これが女房なら、ずいぶん齢のはなれた夫婦である。

「房五郎さんの、おかみさんですか？」

「はい」

女は膝をついて怪訝《けげん》そうに登を見た。登が身分を名乗ると、女は急にあわただしい顔色になって、上にあがってくれと言った。

「いやいや、さほどの用事でもないので、ここで失礼する」

登は上がり框《かまち》に腰かけた。すると房五郎の女房は身をひるがえして立って行き、間もなくお盆に麦湯をのせて持って来た。

「あの、亭主の身に何か？」

女房は心配そうに登の顔をのぞいた。登はそのときになって、房五郎の女房がなかなか目鼻立ちのきれいな女であることにも気づいた。白粉気《おしろいけ》もなく派手な美貌ではないが、その顔には山奥にさくりんどうか何かのような、ひっそりした美しさが沈んでいる。

「いや、病気とか何かということではないが、ちょっと心配なことが出来た」

登は途みち考えて来たとおりに、房五郎が牢問にかけられていることを、そのましゃべった。ただし笞打たれて血を流したあたりは手加減して話したのだが、それでも女房は首うなだれ、しまいには袂《たもと》をさぐって眼に押しあてた。

「つまりお奉行所の役人は、手塚屋に押し入った夜盗の一人という疑いを捨て切れんのだな。しかし多少でもその疑いがあれば別、そうでなくて無実で笞打たれているとすれば、医者としても見ておれんので、少し事情を聞きに来たのだが……」

「ありがとう存じます」

女房は顔を上げた。眼が赤くなっている。

「でも、うちのひとにそんな大それたことが出来るはずがありません。お奉行所のお見込み違いですよ」

「そう思うかね？」

「だって旦那さま。手塚屋さんに泥棒が入ったというその晩は、亭主はどこへも出かけずに家の中にいたのですから」

「そのことは百助親分に言ったかね？」

「ええ、親分さんにも、それからお奉行所から来たこわい顔のお役人……」

「高瀬というひとか？」

「はい、その高瀬さまにも申し上げました」

「そのひとが来たのはいつごろかな？」

「ひと月ほど前に、お供のひとを連れて来て、家の中を残らず捜して行きました。床下までさぐって」

「何を捜していると言ったかね？」

「手塚屋さんから盗んだ百両だそうです。お前は知らないかと、こわい顔で叱られて、身体のふるえがとまりませんでした」

ひと月前というと、高瀬がひんぱんに牢に来るようになったころだと登は思った。牢問にかかる前に、高瀬与力は徹底した家捜しを試みたらしい。

「でも、何も出て来なかったわけだ」

「出て来るわけがないじゃありませんか、旦那さま」

房五郎の女房は、また袂で顔を覆った。

「かわいそうに、あのひと。そんな濡れ衣を着せられて」

女房が着ている物は、肩に継ぎがあててあった。針目のきれいな継ぎあてだったが、貧しげに見えた。その肩が小さくふるえているのを見ながら、登は立ち上がった。

——どうも見当が違ったようだな。

木戸を出て、また迷路のような道をたどりながら、登はそう思っていた。表通りに出るころになって、肝心の押し借りの件を突っこんで聞くことを忘れたのに気づいたが、聞くまでもないことに思われた。

——あの女房じゃ、そんなつつもたせめいたことが出来るわけはない。

そう思うと、さっきまで印象黒黒としていた房五郎まで、何となく無実の罪に泣いている男に思えて来る。押し借りの罪は動かないにしても、手塚屋の泥棒というのは、やはり高瀬与力の見込み違いだろうという気がした。そうと見当がつけば、奉行所のやり方に真向から異をとなえることはむつかしいにしても、出来るだけ房五郎をかばってやらねばなるまい。

——それにしても、ひとに会ってみないことにはわからんものだな。

登は肩に継ぎをあてて、顔を覆っていた房五郎の女房の、打ちひしがれたような姿を思い返しながら、そう思った。会うまでは、料理屋勤めなどもした女だというから、ふだんも化粧の濃い、派手な気性の女かと想像していたのだ。

今朝、村谷徳之助に会って、小舟屋のおかみは女狐だなどと聞いたもので、その話に少しかぶれた気味もある、と登は思った。会って話した上で、もし疑念が残れば、裏店の女房たちに、房五郎夫婦のことを突っこんで聞き、場合によっては田原町の畳屋にも足を運ぶつもりだったのだが、その必要はなさそうだった。それにそのテの聞き込みは、百助がとっくにやったろうし、怪しい節があれば奉行所の方に言っているはずだ。

　登は、何となく肩の荷がおりた気分で、少し薄暗くなって来た千住通りを、蔵前の方にいそいだ。

七

　それから半月ほども経ったころである。立花登は、意外な場所で房五郎の女房おつぎを見かけた。

　その日登は明け番で、若松町の道場でひと汗流したあと、深川の仲町まで行き本所にもどると今度は新谷弥助の家をたずねた。疲れ切って新谷の家を出たときは日暮れ近くなっていた。

　仲町に行ったのは、むろん小舟屋をたずねたのである。師範代の奥野研次郎に、村谷徳之助から聞いたことを話すと、奥野はひどく心配した。それで奥野と相談した結果、とりあえず小舟屋に様子をさぐりに行ったのだが、おかみは聞きしにまさる女だった。

新谷の名前を言い、いたら会いたいというと、そんなひとは家にいませんよ、家は小料理屋ですからね、何かのお間違いじゃありませんかと、取りつくしまもない挨拶だったのである。村谷が言ったように美人だった。その美貌と冷たい挨拶に気《け》圧《お》されて、登は子供の使い同然にすごすごと帰って来たのだが、帰途猛然と腹が立った。暑い日射しがその怒りをよけいに煽《あお》り立てた。

――弥助め！

と思った。おかみもおかみだが、新谷のだらしなさに腹が立った。それで南割下水の弥助の家にも寄ってみたが、新谷はそこにもいなかった。新谷の母は匙《さじ》を投げたという顔をして、肩を落としていた。

新谷の不行跡は、ついに隠し切れず、兄の多一郎に洩れて、謹厳な多一郎が激怒して刀を持ち出すという一幕もあったが、嫂《あによめ》の喜久が必死に取りなしてやっとおさまったという話だった。

何の収穫もなかったために、よけい疲れた足を引きずって亀沢町まで来ると、店先に青葡萄《ぶどう》を山積みにして売っている種物屋があった。新谷の家では上がれと言ったが、上がらずに玄関で立ち話をして来た。そのために喉が渇いたままである。

登は青葡萄を一房もらうと、店先に立ったまま喰った。そのときに、おつぎの姿に気づいたのである。

種物屋は細い路地の角にあった。葡萄の種を吐き出しながら、何となく路地の奥の方を眺めていた登は、角から四、五軒目の家から身体つきのすらりとした若い女が出て来るのを見た。白地の浴衣がよく似合うその女がこちらに歩いて来るのを、登はぼんやり眺めていたのだが、不意に気づいて背をむけた。

背をむけたのは無意識にしたことだった。とっさに、おつぎに気づいたとさとられたくない気持が働いたようである。おつぎは少しあくどいほどの化粧をしていた。唇の紅が赤かった。胸に紫地の風呂敷包みを抱え、見ようによっては、料理屋の若おかみとでもいった恰好をしている。登には気づかず、通りに出るとまっすぐ御台所町の方に歩いて行った。

登はあわただしく葡萄の金を払った。

「あそこはどういう家だね」

そこから見える、しもた屋を指さした。種物屋の亭主は外へ出てその家を見たが、すぐに言った。

「どうということもない家ですよ。芳蔵という道楽息子が一人で住んでいるだけですがね」

「道楽息子？」

「親たちが死んでしまいましてね。いいひとたちだったが、息子は遊び人で、いまにあの家も売りに出すんじゃないかなんて、近所じゃうわさしてますな」

「ふーん。ところでさっき若い女が出て来たが、気づかなかったか？」

「ああ、あの女」

五十恰好の痩せた亭主はにやりと笑った。店の中からちゃんと見ていたのである。

「このところ、ちょいちょい姿を見せますな。なかなかいい女ですな」

「芳蔵とはどういう？」

「さあ、そこまでは知りませんね。大方新しく出来た情婦《いろ》かなんかじゃないでしょうか」

それだけ聞いて、登はおつぎの後を追った。御台所町の道筋は、駒止橋の角までまっすぐの道で、おつぎの姿を見失うことはなかった。登はいそぎ足に後を追い、適当な距離まで追いついたところで足をゆるめた。

おつぎは少し気取った足運びで武家屋敷の角を曲った。登も曲った。駒止橋を過ぎて、両国橋にむかうと思ったが、そうではなく、おつぎは広場を横切って尾上町の方に行く。

日が落ちて、町には白っぽい夕の光がただよいはじめている。見世物小屋がならぶ一角は、もう客が散ったあとで、小屋の人間が葭簀《よしず》を巻いたり、車に荷を積んだり、いそがしく立ち働いていた。

おつぎは見向きもせずにその横を通り、やはり少し気取った足どりで、一軒の伽《き》羅《ら》屋に入った。白粉か髪油でも買うらしい。しかしさほど手間取らずにそこから出ると、おつぎは今度はそば屋に入った。大野屋という店で、そばだけでなく御膳物も出し、このあたりでは一番大きなそば屋である。

おつぎはきらびやかに行灯《あんどん》をともした店に入ると、小座敷に上がり、ゆっくり時をかけて御膳物の飯を喰った。顔馴染みらしく、馳走を運ぶ女中に冗談を言っている。登は隅でもりそばを喰いながら、その様子を眺めた。

飯を済ませると、おつぎはお茶を飲み、それから不意に立って奥に入った。次に出て来たときは、化粧を落とし、粗末な着物に着換えて、三間町惣六店《だな》のおかみの姿にもどっていた。出口で、おつぎは見送りに出たさっきの女中と冗談口をかわし、軽く女中の肩を打って外に出て行った。

金を払って、登も外に出た。途中まで後をつけたが、橋の中ほどで登は足をゆるめ、薄闇の中を足早に遠ざかる房五郎の女房を見送った。これ以上後を追うこともなかった。おつぎは裏店に帰って行くのだ。

立ちどまって、登は川を見おろした。岸から投げかける灯のいろが暗い川を染め、その中を、まだ灯をともしていない荷足《にたり》船が音もなく漕ぎ下って行くのが見えた。

数日前、高瀬甚左衛門の言ったことが思い出された。登と土橋の二人が、膝づめで鍵役同心の小淵に言ったことが伝わったらしく、高瀬与力は、医者の立ち会い抜きで房五郎を責めるようなことはしなくなった。

だが小淵同心から、登の名前も伝えられたらしく、その日門前で顔が合ったとき、高瀬が登を見た眼は険《けわ》しかった。

「御医師、そなたに話したいことがある」

高瀬は自分からそう言って、登を堀のそばに誘った。

「わしがあの囚人を責めるのを狂気の沙汰とみるかも知らんが、これにはわけがある」

「………」

「ひとには洩らさんでもらいたいが、惣六店住まい房五郎が夜盗の一人と密告《さ》して来た投文がある。詳細をきわめたものじゃった」

「………」

「お主らの心配はわからんでもない。ゆえに法は守る。安心せい。しかしわしの勘だが、あの男は盗賊の片われじゃ」

高瀬はそれだけ言うと背をむけたが、不意に振りむいて無表情につけ加えた。

「いまに、わかる」

そのときの高瀬の顔に、さっきのおつぎの顔が重なった。登は胸の中をうそ寒いようなものが通り抜けるのを感じた。

八

「房五郎は大した男さ。相変らずがんばっているらしいぜ」

そう言った男の声は、笑いを含んでいる。女の甘ったるい声がたずねた。

「お役人が、責めるのをやめたんじゃないだろうね」

「そんなわけはねえよ。何しろ、奉行所に投げこんだ手紙には、房五郎とおれしか知らねえような、あの晩のこまかいことを書いておいたのだ」

「でも、あんまり責められたら白状してしまうじゃないか。そうしたらどうする？あんたも手がうしろに回るよ」

「おめえは女房のくせして、亭主のことをあまりよく知らねえな。房五郎はそんなやわな男じゃねえよ。あいつは吐かねえと決めたら、責め殺されても吐かねえ男さ。だからおれは安心して、あいつを密告《さ》してやったのだ」

登は窓の下にじっとうずくまって、洩れて来る声を聞いている。時どき脛や顔を刺して来るやぶ蚊を、音を立てないで殺した。

「これからどうなるの？」

「ま、ここまで来りゃ、奉行所が房五郎を放すことはまずねえな。牢にとめておいて、じっくりと責めるだろうさ。すれば、気はたしかでも身体が弱って来る。長えことはねえよ」

「何にも言わずに、秘密は墓の下まで持って行くってわけ？」

「そうよ。あいつは義理がたい男だ。友だちを裏切るようなことはしねえよ」

「友だちだって？」

女は不意にけたたましい笑い声を立てた。少し酔っている気配だった。

「あんたも、ほんとに悪党だねえ」

「房五郎がつかまったとき、分け前はどうなるんだと、血相変えて駆けこんで来たのは誰だい？　おめえだって、大きな口はきけねえだろうぜ」

「ほんと、あの亭主早く片づかないかしら。草履表《ぞうりおもて》の内職しながら、牢からもどる亭主を待つあわれな女って顔するの、あたしゃ倦《あ》きた。あんたと一緒になってさ、のうのうと暮らしたい」

「いまに、そうなる」

「こないだのように、二人でお芝居見たりさ、うまいもの喰べたり、どっかにお詣りに行ったり」

「どこにお詣りするんだい？」

「お閻魔《えんま》さまに決まってるじゃないか。その節はよろしくなんてさ」

「もう飲まねえのか」

「あたしゃたくさん。これから帰らなきゃならないんだから」

「おい、もうちっとこっちへ寄りな」

「あら、またなの？」

女の含み笑いが聞こえて、それきり声が絶えた。

登は立ち上がった。暗い軒下沿いに足音をしのばせて玄関に回った。女が帰るつもりだからだろう、戸は簡単に開いた。そのまままずいと土間に入りこみ、上にあがって障子を開いた。

女をうしろから抱きすくめるようにして、胸に手を入れていた男が顔をあげた。女も登を見た。そのまま三人はにらみ合った形になったが、それは一瞬のことだった。女をほうり出した男が立ち上がった。

「何だい、てめえは」

色白のやさ男のように見えたが、身ごなしの速い男だった。膳を躍りこえてつかみかかって来た。

登は足をとばして男の向う脛に蹴りを入れた。ぐきっという音がした。よろめきながら組みついて来た男を、登は組ませておいて腰車で足もとに叩きつけた。そしてこめかみに軽く当身を入れてとどめを刺した。柔術で霞と呼ぶ急所である。男は静かになった。

「あたしを、どうするの？」

と女が言った。おつぎの眼に恐怖が溢れている。ひきはだけられた胸を隠すのを忘れていた。白い胸だった。

「どうもせん」

と登は言った。

「だが、この男と手に手を取って逃げようなどとは考えぬことだな。罪が重くなる。それに、この男は足にひびが入っている。十日ほどは歩けないよ」

登の言葉を証拠立てるように、気づいた男がわめき声をあげた。男は起きあがろうとし、それが出来ずに足に手をのばしながら、のた打ちわめいた。まだ茫然としているおつぎと、のた打ち回っている男を残して、登は男の家を出た。

ひと晩考えた末に、登は翌朝の見回りのあと、房五郎を外鞘《そとざや》に呼び出した。赤く腫れ、ところどころ紫色に変色している房五郎の背中に、軟膏をすり込んでやりながら、登は一部始終を話して聞かせた。

「わしから役人に告げることはせぬ。お前次第だな」

そう言ったとき、房五郎は振りむいて、登の手首をにぎった。すさまじい力だった。房五郎の眼は少し充血していて、その眼の中には登が背筋に寒気を感じたほどの、凶暴な怒りが燃えていた。

その日のうちに、登は房五郎が手塚屋の押し込みを自白したことを聞いた。房五郎は、自分から高瀬与力を牢に呼んでもらい、一切を白状したのだという。


数日後、明け番で牢を出ようとした登に客があった。岡っ引の百助だった。

「いや、どうも驚きました」

登の顔を見ると、百助は首筋に手をやってにが笑いした。

「房五郎の女房ですがね。先生のおっしゃったことが気になりましたもんで、調べてみたら、なんと押し借りがもう二つ出て来ました。客が女房に手を出す、あとで房五郎が乗りこむという同じ手口で、もちろん夫婦共謀。夫婦してとんだ内職をやってたわけで。いや、あの女房にはころりとだまされました。とんだ女狐でしたよ」

牢に用があるという百助と別れて、登は門を出た。しばらく歩いてから門を振りむいた。

房五郎の自白で芳蔵もつかまり、房五郎も新しく吟味をうけるために、奉行所の仮牢にもどされている。

平塚同心の話によると、芳蔵の打首はまぬがれないだろうが、房五郎は自白を認められて遠島に刑を減らされるかも知れない、ということだったが、裁きの方は登にはわからない。ただ、うまく逃げたように見えたおつぎも押し借りの共謀でつかまって、いずれは三人ともこの牢にもどって来るのかと、ふと思ったのである。

後味はよくなかった。裏切られた気分が残り、欲に踊った三人の男女も醜く、高瀬与力の執念まで、どことなくおぞましい記憶を残している。

登は歩き出した。まっすぐ叔父の家に帰るかとも思ったが、この間の今日で、また顔を見に来たかと、おちえに甘くみられるような気もした。

——おしんの様子を見て行くか。

と思った。この間しのぶに寄ったとき、おしんは休みだったが、顔馴染みの別の女中に、唐辛子売りの源次が、しょっちゅうおしんに会いに来ていると聞いた。おしんに会って、源次のことでも持ち出してからかったら、少し気持が晴れるかも知れないという気がした。暑い日だった。汗をふきふき、登は両国橋の方にいそいだ。

処刑の日

一

江戸の町を、うすい霧がつつんでいる。もう日がのぼっているのに、霧は執拗《しつよう》に地表からはなれず、そのために町は不透明な明るみに満たされていた。

霧は小伝馬町の牢獄もすっぽりとつつみこみ、青黒い水をたたえた水濠《みずぼり》から濠ばたの道のあたりにも、かすかな水滴のきらめきを宿した霧が、ゆっくりと動いている。

その中に人影が動いた。ほっそりしたその姿を見ただけで、登は人影がおゆきだとわかった。

「若先生」

おゆきもすぐに登の姿を認めたらしく、小走りに近寄って来た。

「ゆうべはおうちの方だったんですか」

る。

「うん」

「知らなかったものですから、出ていらっしゃるのをお待ちしていたんです」

おゆきは丁寧《ていねい》な口調で言った。その大人びた口ぶりと、わずかに胸を押し上げているふくらみがなければ、おゆきは子供と間違えられそうな声と身体《からだ》つきをしている。

勝気そうに眼尻の上がった顔も手足もほっそりと痩せて、声は子供のように澄んでいるが、おゆきは十六歳、福井町の隣町平右衛門町で筆墨と紙を商う大津屋の養女で、もう婿も決まっている店の跡とりである。

だが大津屋の主人助右衛門は、梅雨のころに人を殺し、入牢していた。殺されたのは、大津屋の妾《めかけ》おつまである。

「そうすると、おとっつぁんのぐあいはわかりませんか？」

とおゆきは言った。助右衛門は半月前ごろから悪性の腹病みを患《わずら》っている。そのことを知った大津屋では、時どきおゆきを牢によこして様子を窺《うかが》わせていた。

「ゆうべの見回りのときは、変りがなかった」

と登は言った。

「よくもなっていないが、これ以上悪くなる様子でもないというところだ。要は本人の気力でな。病人に、ぜひともよくなりたいという気持がなければ、いくら手当てを施しても、なかなか快方にはむかわん」

「おとっつぁんには、よくなりたいという気持がないんですか、若先生」

とおゆきは言った。登はおゆきの澄んだ眼から視線をそらした。

おゆきはかしこい娘である。登の沈黙からあらましの様子をさとったらしかった。顔色を曇らせたが、はきはきした口調でつづけた。

「出来るだけのお手当てをお願いします、若先生。それから入用《いりよう》のお薬があったら、いつでも言ってください。すぐにおとどけしますから」

「わかった」

「あの……」

おゆきはそばを通りすぎる人をやりすごしてから小声で言った。

「また、様子を聞きに来てもいいですか。ご迷惑でしょうけど」

「かまわないよ、いつでもおいで」

と登は言った。

おゆきは大人びた丁寧な辞儀を残すと、背をむけた。

おゆきと話している間に、霧はみるみるうすれて、あたりは見なれたいつもの風景にもどっていた。濠ばたのやや枯れいろが目立つ草むらに、霧の名残りの露が光って、朝の日射しが、くまなく町にさしかけていた。

――心の病いだ。

と、牢の正門の方に歩きながら、登は助右衛門のことを思った。

助右衛門は、店とは川ひとつへだてた岩本町に妾を囲っていた。おつまというその妾は色白でおとなしい、二十《はたち》過ぎの女だった。その女が、ある夜の五ツ半（午後九時）ごろ、すごい声を出したので、近所の者が駆けつけてみると、茶の間におつまが倒れていて、そばに出刃庖丁を握った助右衛門が立っていたのである。

状況は明白だったので、奉行所の吟味はすみやかに運んで、助右衛門は牢に送られて来た。吟味の席で、助右衛門は終始無罪を言い立てたが、その場を目撃した証人が何人もいた。しまいに、助右衛門は手当ての金の話がもつれて妾を殺したことを白状して、口書《くちがき》に爪印をとられたと、登は聞いている。

助右衛門は、いずれやって来る死罪の言い渡しを待つ囚人である。牢に来た当時はまだ元気だったが、日が経つにつれて、言い渡しを待つ日日に耐えられなくなって気力を失ったのだ。それが病気の原因だと登はみている。

――おゆきの心配は、かわいそうだが、無駄骨だ。

と思った。奉行所から係りの役人が来て、死罪を言い渡すときが、助右衛門が命を終る日である。吟味が終ってから三月《みつき》、その言い渡しが、いつ来てもおかしくない時期になっている。

そして助右衛門が死罪になれば、おそらく大津屋は家屋敷、少なからぬ家財を没収されて、家族は四散することになるだろう。

門を入りかけて、登はうしろを振り返ったが、おゆきの姿はもう見えなかった。濠の木が秋の日をはじき、そのそばを腰の曲った老婆がゆっくりと歩いているだけである。登は首を振って門をくぐった。

二

その朝の見回りを、土橋桂順と一緒にひととおり終えてから、登は東の大牢にもどって牢名主《なぬし》の仁兵衛を格子のそばまで呼び出した。

「大津屋の様子はどうかね？」

仁兵衛は黙って首を振った。むっつりとあぐらを組んだまま登を見ている。

「変りなしか？」

「物を喰わねえのだから、しょうがねえ」

と仁兵衛は言った。

大津屋は、叔父の玄庵が出入りしている店で、登も牢屋勤めに変る前は、何度か代診でその店に行っている。およその家の事情は知っていたので、今度の事件には登も驚かされた。助右衛門は四十前後、温厚な人柄で人殺しなどという血なまぐさい事件をひき起こす人間にはみえなかったのである。事件を聞いたとき、登はそれは何かの間違いではないかと疑ったぐらいである。

それはそれとして、助右衛門が入牢すると、大津屋では早速に顔馴染みの登を頼って来た。頼られても、登がしてやれることは限られていたが、とにかく牢内のしきたりを教え、仁兵衛以下の牢内役人に金をつかませたり、外から喰い物を差し入れさせたりした。

そういう手当てが利《き》いて、助右衛門は牢内では大事にされていたはずである。喰い物の方も、大津屋では三日にあげず、助右衛門の口に合うようなものを差し入れて来ているので不自由はしていなかった。

だが、助右衛門は悪性の腹病みにかかると、急に気力を失ったように、喰い物も細くなっていた。

「痛むってよりも、くだる腹だからね。物さえ喰ってりゃ、そう弱るはずがねえのによ」

「寝てるのか？」

登は格子越しに牢の中をのぞいた。助右衛門は、おゆきには言わなかったが、ここ二、三日医者に診《み》てもらうのもいやがって、ただ寝ている。

「うつらうつら眠ってるよ」

「…………」

「おれァ何人か、ああいうのを見て来たがね……」

仁兵衛が声をひそめた。

「身体がさとるのよ。長くはねえってね」

「…………」

「大概がそうだ。ああなってから十日も経つと、お迎えが来る」

「助右衛門を外に出してくれないか」

と登は言った。

「よく言い聞かせて出してくれ」

仁兵衛は口をつぐんで登を見つめたが、やがていいよと言った。登は当番所にもどって、小頭《こがしら》の富田同心に大牢の戸をあけてくれるように頼んだ。

鍵を持って登について来たのは、若い同心の水野だった。水野は鍵を使い、助右衛門を受け取ったあと、きちょうめんにまた鍵をかけた。そのあとは外格子のそばに行って、うしろ手になり、登に背をむけた。

登は自分で持って来た菰《こも》を敷いて、助右衛門をその上に寝かせた。登に腹をさぐられながら、助右衛門は眼をつぶっている。

数日の間に、助右衛門は目立つほど痩せていた。肋骨がとび出し、腹は深くくぼんで背にくっつきそうである。髪が白かった。三月前に牢に来たときにはさほど目立たなかった白髪《しらが》が、いまはくまなく頭を覆い、頬の肉は落ち、肌は灰色に荒れて、助右衛門は老人のようにみえる。

「痛みますか、大津屋さん」

腹をおさえながら、登が小声で言うと、助右衛門はわずかに眼を開いた。光もなく少しも動かない眼が、しばらく登を見つめたが、そのまま無言で閉じられた。

「さっき、おゆきさんに会いましたよ」

と登は言った。ゆっくり手を動かしながら、注意深く助右衛門の顔を見た。

「あなたが物をたべないと言うので、心配して様子を聞きに来ているのです」

「………」

「どうです？　痛みはもうないはずですが、お粥《かゆ》ならたべられるはずですから、中の役人に言ってお粥をたべるといい」

「………」

「そうしないと、このままどんどん身体が弱って、いまに立てなくなりますよ」

眼をつぶったまま、助右衛門が不意に口を動かした。ささやくようなかすれ声を聞きとるために、登は助右衛門の口に耳を近づけた。

「あの子に、言ってください、若先生」

「………」

「無駄なことをするなと」

「………」

「あたしのことは、あきらめろと、言ってください」

登は胸を起こして助右衛門を見た。助右衛門は眼を閉じたままだったが、瞼を押し上げて涙が盛り上がっていた。盛り上がった涙は、眼尻にたまって、次いで糸を引いて耳の方に流れ落ちた。

「しかし、おうちのひとを悲しませるのは、よくありませんな。お粥をたべることです、大津屋さん。少しぐらいくだっても、その方が身体にいい」

「………」

「何か、私に出来ることはありませんか」

助右衛門は眼を開かなかった。ゆっくりと首を振った。

登はうしろを振りむいて、水野さん終りました、と言った。

三

師匠の鴨井左仲は、ひさしく手足のしびれと腰の痛みに悩んでいるが、その病いは多分に老衰から来ていた。時どき登が病状を見、手足を揉《も》んでやったりするのだが、それ以上の手当てはむつかしい。

それでも左仲は、登の手当てをうけるといっとき気分がよくなるらしく、今日はめずらしく稽古を終えた奥野研次郎を加えて三人でお茶を飲んだあと、そばの寝間に引き取った。

左仲は元来が雲州の郷士の出で、自分は柔術家で通したが、子供が成人に達すると御家人株を買って子供は幕府の家人にした。いわば楽隠居の身分で、道場の母屋には孫娘と手伝い婆さんの三人で住んでいる。師範代の奥野は、道場をつぐと同時に、園井というその孫娘を娶《めと》ることになっていた。

その園井が、台所の方から居間に顔を出した。怪訝《けげん》そうな顔をしている。

「あの、台所に直蔵というひとがみえましたけれど」

「おお、それがしが呼んだのだ」

奥野は言って、登の顔を見た。

「どうするな？　ここでいいか」

「いや、ここはちとまずいでしょう」

登はちらと襖《ふすま》の方を振りむいて、小声になった。左仲は襖のむこうに寝ている。話は新谷《しんたに》弥助のことである。師匠の耳をはばかる体《てい》のものだった。

「そうか」

奥野もすぐにそのことをさとったらしかった。

「園井どの、すまんが道場に灯をひとつ出してくれぬか」

「かしこまりました。あの、お茶もお運びしますか？」

「いや、それはいらん。灯を支度したら、直蔵をそちらに上げてくだされ」

園井はまだ十七で、婚儀は一年あとのことになる。奥野の言い方は丁寧だった。

支度が出来たところで、登と奥野は道場に行った。門弟が去った道場には、がらんとした夕闇が立ちこめていて、行灯《あんどん》を置いた師範席の一角だけが明るい。灯のそばに八名川《やながわ》町の岡っ引藤吉の手先、直蔵が膝をそろえてかしこまっていた。

「ま、楽にしてくれ」

奥野が言うと、直蔵はほっとしたような顔をあげた。

「どうも、ね。いきなり高えところに上げられちまったもんで」

登は笑って、むこうの様子は知れたかと言った。三人は行灯の灯のそばに額をあつめる恰好に坐った。

「大よそはつかめました。と言っても、あの界隈《かいわい》であくどいことをやっている連中のことは、うちの親分なんかも大概のところ耳に入れていたらしゅうござんすがね。ま、聞き回ってみると、親分が言ってたようなちょろいもんじゃねえ。どうも大がかりなもので、あっしは肝《きも》をつぶしました」

直蔵は藤吉の手先で働くようになってからまだ二年とは経っていないが、話しぶりに板についた感じが出て来た。

新谷弥助が深川仲町の悪所で、体のいい人質のようなぐあいになり、よからぬ連中の用心棒といった仕事をしているらしいことは、登と奥野の頭痛の種になっていた。ことに最近は、弥助自身にどっぷりと悪所の風に染まった感じがほの見え、捨てておけばあたら鴨井道場の俊才がつぶれる心配が出て来ただけでなく、弥助はやがて生家に致命的な迷惑まで及ぼしかねないとも思われたのである。

奥野は、自分が道場をつげば、弥助を師範代に推し、いわば片腕として門人の稽古にあたらせるつもりでいた。三羽烏と併称されても、登はほかに家業があり、弥助のように子飼いの門人というわけでもない。奥野のその考えには、師匠の左仲も登も賛成していた。

それもあり、また登は新谷とのつき合いから、新谷の家の者が弥助の行状の乱れにどんなに頭を痛めているかも知っている。

　弥助を深川の悪所からひきはなす必要があった。それも師匠の鴨居左仲に事情をさとられたり、弥助の兄多一郎が、思いつめて深川に乗りこんで行ったりする前に片づけなければならないのだ。

　そのことを、登は顔馴染みの八名川町の藤吉に打ち明けてみたのである。藤吉は、あのあたりは縄張りが違うと言い、またそれだけでない迷惑そうなそぶりをみせたが、最後に直蔵にさぐらせるだけはしてみましょうと請合《うけあ》った。今日直蔵はその報告を持って来たのである。

「先生のおっしゃる親分というのは、市之助という男で、正体は金貸しです」

　と直蔵は言った。

　市之助は金貸しだが、ただの金貸しではなかった。仲町界隈の料理茶屋、小料理屋、子供屋、女郎屋とくまなく金を貸して、法外の利子を取り立てるだけでなく、借金の返済が無理とわかると、若い者をむけて有無を言わせず店を取り上げた。

　しかしやり方は巧妙で、利子がとどこおったぐらいでは何とも言わない。市之助が使っている手代たちは、人好きのする笑顔を持ち、金が足りなければもっとご用立てしますよ、と言うのである。だが、いざ取り立てに回ると情け容赦がなかった。家族もろとも、わずかの家財と一緒に外にほうり出された店主も少なくない。

ほうり出すというのはたとえではなく、げんに仲町近辺の者は、寒空の日暮れ、店を追われて道に泣き叫んでいる小料理屋の一家を見ている。取り上げた店に、市之助は自分の息のかかった男や妾を乗りこませて、何ごともなかったように店をやらせる。そういう店が、奥の裾《すそ》つぎから表の櫓下《やぐらした》にかけて、少なくとも十軒近くはあるらしい、と直蔵は言った。

登と奥野は顔を見合わせた。奥野が低くうなって言った。

「悪辣《あくらつ》な男だな。そんな男から、金を借りなきゃいいのだ」

「ところが、あくどいのはそこですよ」

と直蔵は言って顔をしかめた。

長い間には、市之助のやり口もすっかりおぼえられて、市之助から金を借りる者はいなくなった。商売をしていると、どうしても金が必要なことがあるが、界隈の店主たちは遠くから金を工面して来たり、またひそかに近くの商家に融通を頼んだりするようになった。用心したのである。

すると市之助は悪党の本性をむき出しにして、脅しをかけて来た。客を装って店にあがると、その店の客に喧嘩を売ったり、店の物をこわしたりする。また料理屋に金を用立てた商家に乗りこんで、露骨に脅しをかけることもした。いつの間にか、市之助は深川の闇を支配する顔役にのし上がっていたのである。

「そうまでされても、お上《かみ》に訴えて出る者はいないのかね」

と登が言うと、直蔵は顔をしかめた。

「だめだめ。訴えて出たりしたら、土地で商売出来ないような仕返しをうけることを、みんな知ってますからね」

「……………」

「それに……」

直蔵はちょっと言いよどみ、少し怒ったような顔になって言った。

「あのあたりは政七という親分が見回っているところですがね。市之助はたっぷりと金をつかませているという噂ですよ。このことはうちの親分も知ってますぜ」

それで、この調べを持ちこんだとき、藤吉が迷惑そうなそぶりを見せたわけがわかった。市之助という男は、ひと筋縄でいかない悪党らしかった。

「どうします？」

登は奥野の顔を見た。

「いっちょうその高利貸しの家に乗りこんでみますか」

「それもだめ」

と直蔵が言った。

「市之助という男は、人別帳じゃ三十三間堂東の島田町に家があることになってて ますが、そこには住んでいません」

「じゃ、どこにいるんだ？」

「それがどこにいるのか、さっぱりわかりませんので。噂では市之助が人前に姿を見せなくなってから十年は経つということですよ」

「まるでお化けだな」

登が言うと、奥野と直蔵が笑った。笑いやんだ直蔵が、真顔に返って言った。

「かりに、やつの住まいがわかったとしても、そこへ乗りこむってのはどうですかね。市之助に使われている連中は、素姓の知れねえやつばかりですよ。匕首《あいくち》の使い方にも、ごく慣れてるって連中でね。先生たちがいくらやわらの名人だって、まともから行くのはちっと無茶だ」

「そうかも知れんな」

奥野がおだやかに言った。

「こちらは要するに、弥助を連中の手から取り返せばいいのでな。その顔役とやらと取組み合いをやるにはおよばん。また、それをやるには、わしと登の二人じゃ手にあまろう」

「弥助め、世話を焼かせる」

登は舌打ちした。

「本人の根性が腐っているのだから、取り返すにしても容易なことじゃない」

三人は額をあつめて相談した。道場にこおろぎが入りこんでいるらしく、三人が話している間にも休みなく鳴いている。

やがて相談がまとまった。直蔵に、連中が次に脅しをかけそうな店をつきとめてもらう。その日にちまでさぐったら、登と奥野が脅しの現場にあらわれて邪魔を入れる。新谷も、まさか二人には手出ししまいから、ほかの男たちを叩き伏せて、うむを言わせず新谷を連れ帰るのである。

男たちを叩き伏せたのが新谷の仲間とわかれば、以後男たちの新谷をみる眼も変って来ようし、弥助にしても登と奥野に現場を押さえられれば、少しは眼がさめるだろう。

「うまく行きますかな？」

登が言うと、奥野はやってみなければわからんと言った。

「しかし、それぐらいの荒療治をやらんことには、弥助を取りもどせまい」

「直蔵、頼むぞ」

くれぐれも気をつけてさぐってくれ、と登は念を押した。

四

その夜、登は一緒に道場を出た直蔵に途中でそばをおごり、広小路に出たところで別れると、そのまま福井町の叔父の家にむかった。

季節が涼しくなったせいで、いま牢には病人が少なく、それに同僚の土橋桂順がすっかり勤めに馴れて来たので、時どき福井町に帰っても勤めにさわりはなかった。むろん土橋には今夜外に泊ることをことわってある。

そば屋で直蔵と世間話をしたので、家へ帰りついたのは五ツ（午後八時）過ぎだった。叔母は登の顔をみるとご飯は？　とたずね、途中でそばを喰って来たと言うと愁眉《しゅうび》をひらいたような顔をした。

どうやら飯が残っていなかったらしい、と見当がついたが、露骨に迷惑そうな顔をみせられては気分がよくない。叔母は腹の中はどうということもない人間だが、家計にことにこまかい。ふだんも、おきよさん残りご飯はどうしても粗末にしますから、きっちり炊《た》いてちょうだい、などと言っているに違いないのだ。登はむっつりした顔で自分の部屋に入った。

行灯に灯を入れて寝ころぶ。たとえ途中でそばを喰って来ても、冷たいご飯だったらありますよ、ぐらいのことを言われれば、若い登の腹はあたためた汁でまだ一、二椀の飯は受けつけるのだ。

――そう言えば、あれはうまかった。

登は、子供のころに母が冷や飯で握ってくれたおにぎりのことを思い出した。まだ医学所にも、柔術の道場にも行っていなかったころ、登は日がな一日遊びほうけては、夕刻にはまだ間がある時刻に腹をすかせて帰った。そういうとき、母は手早くおにぎりをつくってくれたものだ。登の家は微禄の下士だが、父親が郷方勤めだったために、時どき懇意な百姓から米がとどけられたりして、喰い物だけはあまり不自由しなかった。

――叔母は人情の機微を知らん。

ひっくり返ったまま、登がまだ冷や飯にこだわっていると、襖が開いて、盆をささげたおちえが入って来た。

「はい、お茶ですよ」

仏頂《ぶっちょう》づらで起き上がった登は、盆の上にお茶だけでなく大福餅が三つも乗っているのをみて、顔をゆるめた。

「さすがはおちえだ。気がきく」

「何を言ってるんですか。母さんがよこしたんですよ」

「うむ、叔母さんも気がきく」

こういうこともあるから、一概にひとを悪くも言えんのだな、と思いながら、登はむしゃむしゃと大福をほおばった。やや濃い目のお茶もうまい。

「叔父さんは？」

「治療部屋にいるようよ」

「めずらしいな。吉川さんのところには行かんのか」

「遅いお客さまがあったから出そびれたんでしょ。それに……」

おちえはちょっと皮肉な笑いを浮かべた。

「たまにはお酒に倦《あ》きることもあるんじゃないかしら」

二人は顔を見合わせて笑った。その笑いをふっとひっこめて、真顔にかえったおちえが、登兄さんと言った。

——兄さんと呼ぶようになったのはいいことだ。

登はうっとりとなって、何だと言った。

「こんなことを口にしていいかどうかわからないけど、あたしこの間気になるものを見たものだから……」

「何だい？　何でも話したらいいだろう」

「柳橋のそば、川口のところに三好屋という船宿があるの。船宿って言っても、あそこは出合い茶屋なのよね」

「よく知ってるな。前に使ったことがあるんじゃないのか？」

「変なこと言わないでよ」

おちえはきっとした顔になった。

「あたしはそんな女と違いますからね」

「わかった、わかった」

登はあやまった。

「その三好屋がどうした？」

「大津屋のおばさんと、手代の新七さんがそこから出て来るのを見たの」

三日前に、おちえは仲よしのみきと一緒に東両国の軽業《かるわざ》を見に行った。軽業は日が落ちる前に終ったが、そのあとすぐそばの料理屋に入って晩飯をたべた。

橘町の種物屋の娘であるみきは、近く縁談がまとまるとかで、急に箱入り娘のようになり、その日も女中が一人ついて来たので、三人は時刻を気にせず晩飯が終ったあとしばらくおしゃべりに時を過ごした。

しかし外に出てみるとすっかり夜になっていて、橋の上などは人影もまばらなので、おちえはおどろいた。広小路に入ったところで二人に別れると、いそぎ足に柳橋を渡った。

大津屋のおかみと新七を見たのはそのときである。前後して三好屋から出てきた二人はおちえに気づかずに前を行き、途中で新七は赤提灯《ちょうちん》がさがっている路地に曲り、おかみだけが足早に大津屋の方に帰った。

「ふーむ」

登はうなって腕を組んだ。おちえの話の中身は明白だった。不義である。

「おゆきさんはうんとまじめな子だから、遊びに誘ったことはないけど、知らない仲じゃなし、あたしも気になって」

「そのことだが、おれのほかに誰かに話したか？」

「いいえ」

おちえははげしくかぶりを振った。

「登兄さんに話したのがはじめてよ。母さんにだって話していない」

「当然だ。叔母さんに話したら、触れ回ってくださいと頼むようなものだ」

「ひどい言い方」

おちえは顔をしかめたが、すぐにぷっと吹き出した。

「でも、本当だものね。だから母さんにも内緒にしていたのよ。登兄さんに話してやっとすっきりした」

おちえは小さな拳で胸を叩いた。形よく前にせり出している胸のあたりから眼をそらして、登は言った。

「ちょっと気になる話だ。少し事情を調べてみるから、このことは誰にも言っちゃいかんぞ」

「はい、わかった」

おちえは素直にうなずいた。

空になった盆を持っておちえが部屋を出て行ったあと、登はしばらく考えに沈んだ。おちえがした話には、ざらつくように不快な感触があった。手代の新七は、若いが切れ者の奉公人で、見込まれておゆきの婿に決まっている男である。

その、いずれ大津屋の婿になる男と、おゆきと血がつながっていないとはいえ、やがてはその男の義母にもなるおかみがただならない関係にあるということがすでに不快だった。だからその上に当主の助右衛門が入牢しているという事実を重ねてみると、その話の中には、ただ不愉快だというだけですまされないものがひそんでいる気がして来るのである。

——考えすぎてはいかん。

登は首を振った。だが気持にひっかかるそのものは、むしろ影を濃くして浮かび上がって来るようだった。閉じた眼から涙を流した助右衛門、霧の中からあらわれて、大人びた口をきいたおゆき。二人の姿が急に孤立してみえて来る。

大津屋の中に、主人の助右衛門の入牢を何とも思っていない者が二人いることになる。

——一体どういうつもりだ？

登は宙をにらんだ。助右衛門が牢に入れられたのを好機に結びついたのなら、大津屋のおかみと手代は、ただの人でなしだ。しかしそうではなく、二人の仲がもっと以前からのものだったとしたら、それは助右衛門が妾を殺した一件とどこかでつながってはいないだろうか。

考えすぎだと思った。だが登は湧き上がる疑惑にいたたまれなくなって、立ち上がると部屋を出た。

——調べるだけは調べてみよう。

助右衛門が白洲で無罪を言い立てたという話を思い出していた。そしてその助右衛門に明日にも死が迫っている事実が、気持をせわしなくしたようである。

登は足音荒く叔父の治療部屋に入って行った。すると、叔父があわてたそぶりで机の上のものをかきあつめ、膝のところに隠したのがみえた。

隠したが、急なことで隠し切れないものがのぞいている。それはどうやら帙《ちつ》におさめたあぶな絵である。友人の吉川にでも借りて来たのだろう。

——誰も、叔父が医書を勉強しているなどとは思わないのに。

と登は思った。いそいで隠すところが、叔父の小心なところである。

「お、登か。いつもどった？」

叔父は威厳をとりつくろう顔でそう言ったが、手は、ともすると持ち上がる帙の表紙をしっかりと押さえている。登は気の毒になった。

「つい、いましがたです。早速ですが……」

登は手早く用件を切り出した。叔父のたのしみを邪魔しては悪い。

「大津屋のおかみのことで、少少うかがいたいことがありまして。あのひと、齢はいくつですか？」

「大津屋のおかみだって？」

叔父はあっけにとられた顔をした。

「それがどうした？　たしか齢は三十四か五のはずだが……」

「人柄はどうです？」

「妙なことばかり聞くではないか。お前も何度か行って、おかみの人柄ぐらいは知っていそうなものだ」

「しかし叔父さんのように長いつき合いじゃありませんからね」

「そうか」

叔父はようやく帙から手をはなすと、少し膝を乗り出した。

「よく出来たおかみだよ。人あたりはやわらかいし、人間に毒がない。そのあたりがうちのとはちょっと出来が違う」

叔父はついでに日ごろ尻にしかれている叔母の悪口を言った。そのことに思いあたって膝を乗り出したらしい。

「人柄が穏当だからして、お客にも奉公人にもうけがいい。ま、美人な上にみんなに好かれているおかみでな。今度はご亭主があいうことになって気の毒だ」

登は、色白でおっとりした口をきく大津屋のおかみを思い出している。品のいい美貌のおかみという印象が残っているが、それは叔父の言葉で裏書きされたわけだ。だがそのおかみは、どうやら手代の新七と不義を働いているのである。

「しかし大津屋の主人は、そんな申し分のないおかみがいながら、お妾を囲っていたんでしょ？」

「それはお前……」

叔父はしたり顔で言った。

「男のそういう気持は別だ。男は、べたべたと女房一人を大事にしているようでは大した仕事は出来ん。時には女房など忘れて仕事に打ちこむほどでないとひと身代起こすことは無理だろうて。お妾などというのは、いわばそういう男の甲斐性のあらわれとでもいうか、大したことじゃない」

叔父の口調は、だんだんに甲斐性のある男をうらやむひびきを帯びて来る。

「新七という手代はどうです？」

「どうですって、何のことだ？」

「つまり、やはり人柄ということですが」

「あれは頭のいい男だ」

と叔父が即座に言った。

「商人になるために生まれて来たような男でな。そろばんが達者で、弁が立つ。店の中に置いても外に出しても、あれほど役に立つ奉公人はいなかろうて。いつだったか、助右衛門さんが、新七は番頭の久蔵がボケて来た分を補ってお釣りが来る、いい奉公人を雇いいれて助かったと言っておったな」

「雇いいれた？」

登は聞きとがめた。

「新七は子飼いじゃないんですか？」

「子飼いじゃないな。途中からの奉公人だが、大津屋に来て、二年ほどで手代に引き上げられた男だ。ま、商人の眼からみると、商いの腕は確かな人間らしい。おゆきさんの婿に決めたのも、そこを見込んだのだろうて」

登は立ち上がった。

「何だ、聞くことはそんなことかい？」

「叔父さん、今夜はこれから牢にもどります。ちょっと急用を思い出しました」

牢の世話役、平塚同心に会って聞きただすことがあった。助右衛門の妾殺しの概略を聞き込んだのは平塚からだが、登はそのとき、事の意外さにおどろきはしたものの、事件の中身までは疑わなかった。聞き流した。

だが、いまは中身についてもっとくわしく問いたださなければという気持になっている。そういう心の動きを強《し》いるものが、おちえに聞いた話の中にあったことは疑うことが出来なかった。

五

「そういうことは、ちっとむつかしいな」

南町奉行所の定町廻り同心加瀬作次郎は、おだやかな口調で言った。加瀬は齢は三十半《なか》ば、真黒に日焼けした顔をしている。神田一帯の巡りを担当している同心で、大津屋助右衛門の妾殺しは、加瀬が調べた。

登が加瀬をたずねたのは、奉行所の中の市中取締りの同心詰所である。加瀬は出かける支度をしていたが、登を入口近い畳に掛けさせ、話を聞く姿勢になっている。

「むろん、正面から申し上げてもお取り上げはむつかしかろうと存じます」

　登は粘った。

「しかし加瀬さまあたりから、上の方にそれとなく事情を申し上げていただけば、たとえば今日明日の言い渡しを、しばらくは日延べというほどのお慈悲はいただけるのではなかろうかと思ったのですが」

「新たに疑いが出て来たぐらいでは無理だなあ、先生」

　と加瀬は当惑した顔になっている。

「わしの方は、一応調べて吟味方に送ったわけだが、大津屋が殺したと決めつけたわけじゃない。疑いありということだ。犯人に間違いなしと裁いたのは吟味方でな。それでいま大津屋の身柄はどうなっておるかというと、こいつはもう、吟味の手もはなれてご老中のところまで行っておる」

「………」

「そこまで行ってしまったとなると、こりゃあ、わしの力のおよぶところじゃねえのさ。ま、あきらめてもらうしかねえな。もっとも……」

　加瀬は不意にぎょろりとした眼で登を見た。

「何か、これといったはっきりした証拠をつかんだとなれば、話はべつだ。どうかね？」

「いえ、取りあえずお願いに来ただけで、そこまでは」

加瀬は黙って腰を上げた。話にならないということだろうと思って、登も立ち上がり、黙礼して加瀬を見送った。

ところが、加瀬作次郎はもどって来た。思い惑うふうに登の顔を眺めてから、そっけない口調で言った。

「大津屋の一件を聞いて回ったのは吉次という男だ。腑に落ちねえなら、一度この男に会ってみることですな。わしがそう言ったと言えば、力を貸すはずだ」

詰所の年寄りが出してくれたお茶を飲んでから、登は奉行所を出て神田にむかった。加瀬が言った吉次という岡っ引の名前は、昨夜牢の平塚同心から聞いていて、加瀬に言われなくとも会ってみるつもりだったのだが、手札を出している同心の口添えがあったと聞けば、吉次の出方も違って来るだろう。

大津屋助右衛門の処刑に猶予をもらうという相談は、まず無理とわかったが、加瀬の口添えをもらったから、奉行所に来たのはまんざら無駄足でもなかったわけである。

岡っ引の吉次は、北神田の小柳町に住んでいる。登はまっすぐそこをたずねるつもりになった。今日は日勤の番なのだが、土橋に代ってもらったから、夕方までは身体が空《あ》いている。

登は自然にいそぎ足になった。昨夜、おちえにあの話を聞いたときから、登は気持をせかされている。今日明日にも、処刑の言い渡しが来るかも知れない助右衛門の姿が、眼の裏からはなれなかった。その姿に、頰の瘦せた子供っぽいおゆきの顔が重なる。

吉次の家は小料理屋だと聞いて来たが、たずねあててみると、なるほどつくりは小料理屋で表に松葉屋という看板も出ていたが、赤提灯に毛がはえたほどの小さい店だった。

やっと表の戸を開けたばかりといった恰好で、腫れぼったい顔をした女が、大儀そうに店先を掃いている。それが吉次の女房だった。女房に呼ばれて、奥から出て来た吉次は、四十恰好の眼つきの鋭い男だった。

加瀬の名前を出し、聞きたいことがあって来たというと、吉次はやっと、お上がりなせえと言った。

穴倉のように暗い茶の間で、登は眼つきの鋭い岡っ引とむき合った。吉次は口数の少ない男だった。浅黒い顔をうつむけて、黙黙と登の言うことを聞いている。その間にさっきの女房が、お茶を出してひきさがった。

「つまり、何ですかい？」

登の話をさえぎって、吉次が不意にとがった声を出した。

「あっしらの調べにご不満があって、もう一度調べ直してえというお話ですかい」

「いや、不満があるというわけじゃない」

登は短気そうな男を警戒しながら言った。

「ただ私は、大津屋さんというひとをよく知っておる。刃物を振り回すようなひとじゃない。まして女を刺し殺すなどということは、およそ似合わないひとですよ」

「………」

「吟味の席でも、あの旦那は殺したのは自分じゃないと言ったそうですな。だから、大津屋さんがつかまった前後の事情を、もう一度聞かせてもらいたいと思って来たのだが」

「事情もへったくれもありませんや」

と吉次は言った。

「近所の者が見に行ったら、大津屋は血だらけの刃物を持って突っ立ってたんですからな。知らせであっしが駆けつけたときも、まだそのまんまで、刃物をもぎとるのに苦労したほどでさ」

「………」

「それだけで大津屋が殺したと決めたわけじゃありませんぜ。ほかに怪しい人影は見なかったかと、隣近所、残らず聞いて回ったんだ。その聞き込みに、三日はかけたな」

「それで？」

「あの時刻に、ほかに怪しい者を見たってえのは一人もいなかったね」

「大津屋は、何でかわいい妾を殺したりしたのかね？」

「あっしらには何にも答えなかったが、お調べの様子を聞いたところじゃ、金のもつれからららしいな。そう白状したと聞きましたぜ」

「………」

「よくある話ですぜ。かわいいたって旦那、お妾なんてのは、つまりは金でつながった仲だ。ひとつ拍子がはずれれば刃物沙汰にもなるでしょうよ」

吉次は話はこれで終ったという顔をした。だが登は吉次の顔色を無視して言った。

「大津屋の人間は調べたのか、親分」

「大津屋？　そりゃ、ま、いろいろと事情は聞きましたがね」

「怪しいそぶりの人間はいなかったかね」

「怪しい？　大津屋の方に？」

吉次は登をじっと見た。

「何のことをおっしゃっているんで？」

登は、それまで伏せておいた大津屋のおかみと手代の情事を話した。それは同心の加瀬作次郎にも話さなかったことである。

吉次は耳を傾けて聞いている。鋭い眼で登を見据えたままだった。

「どうかね？」

登の言葉に吉次は答えなかった。しかしみるみる浅黒い顔に血がのぼった。眼をそらして吉次はつぶやいた。

「ちっと調べの方角を間違えたかな」

「お妾の家は裏口から出られるようになってるかね」

「出られる。裏の細路地に出て、まっすぐ東に出ると……」

吉次は宙をにらんだが、小声でちきしょうめと言った。

「出たところは、富山町二丁目だ」

「………」

「大津屋よりひと足先に入って妾を刺す。そのまま裏に抜ければ……。そうか」

吉次は膝を打った。眼つきだけでなく、頭の働きも鋭い男らしい。

「隣近所じゃ足りねえ。富山町の方角を聞いて回らねえのは手抜かりだった」

「………」

「もう手遅れかも知れねえが……」

吉次はもう立ち上がっていた。登も立った。

「まず大津屋の方から洗ってみましょう」

「新七の素姓もさぐってみるといいな、親分」

と登は言った。

六

牢の詰所にいる登を、岡っ引の吉次がたずねて来たのは、それから三日後の夜である。

「遅くて相すみませんが、これからご一緒してもらえませんかね、先生」

吉次は神妙な口をきいた。

「ちっとお見せしてえものがありやしてね」

登は土橋にあとを頼むと、吉次と連れ立って牢屋敷を出た。夜の見回りが済んだところで、あとはさほど用事があるわけではない。

暗い夜だった。まるで闇の中を泳ぐようだったが、牢屋敷をはずれて小伝馬町の町並みに入ると、家から洩れて来る明かりもあり、町角に常夜灯もあって、やっと足もとがほの明るくなった。

まだ提灯をさげたひとが歩いていて、時刻は五ツ（午後八時）に間があるはずだった。吉次の足は馬喰町の方にむかっている。

「かりに野郎がやったとしても、狙いがもうひとつ腑に落ちねえもんで苦労したんですがね」

歩きながら、吉次はそう言った。落ちついた声だった。

「それが今日、やっとわかりました」

吉次はこれまで、二度ほど登をたずねて来て、調べの様子を話した。

それによると吉次は、富山町の洗い張り屋の女房が、妾殺しがあった時刻に、飛ぶように町を走り抜けて行った若い男をみたこと、大津屋の奉公人からさぐり出したところによると、同じ夜、夕方から外に出た新七が、夜遅くなってかなり酒に酔って帰ったことなどをつかんでいるのである。

その夜、助右衛門をつけた新七が、ひと足先に妾の家に入って刺して逃げ、そのすぐあとに来た助右衛門が仰天して刃物を抜き取ったところを近所の者に見つかったという想像はそれで成り立つ。

しかし、その程度の疑いで、新七をひっぱって妾殺しを吐かせるというわけにはいかなかった。何よりも動機が不明だった。

「おかみといい仲になったといったところで、三十四の姥《うば》ざくら欲しさに旦那に殺しの罪を着せるのも腑に落ちねえ。それじゃ大津屋の財産が狙いかといえば、これも婿になると決まった男だ。財産なんてものは、おとなしくしていてもいずれは自分の手に入るはずのもんでがしょ？　第一旦那を死罪にしちまったんじゃ、大津屋はお取潰しだ。勘定が合わねぇ」

「……」

「あっしはお妾の筋も調べ直しました。野郎がつまみぐいしてた様子はねぇかと調べたんだが、これはなかった。おつまというお妾は旦那ひと筋で、浮気が出来る女じゃなかったようで。というわけで、あっしもちょいとあせっちまったが……」

「狙いをつかんだか？」

「へい、ついさっきわかったばかりで」

新七は大津屋の帳簿に大穴をあけていたのだ、と吉次は言った。番頭の久蔵がモウロク気味で、ここ一年ばかりは新七が帳付けをしていたのである。

「番頭に言いふくめやしてね。昨日から新七の留守を狙って帳簿にそろばんを入れさせたところ、少少モウロク気味だが番頭も商売人、とうとう穴を見つけました」

「いくらの使い込みだね？」

「ざっと七十両」

登は低くうなった。それなら大津屋を牢屋送りにする動機は十分だった。もし旦那にそれが見つかれば、大津屋の婿どころか、自分が牢に入ることになる。新七は先手を打ったのだ。あるいは旦那が使い込みに気づきはじめ、新七は追いつめられていたのかも知れない。

「すると、おかみを籠絡《ろうらく》したのも狙いはひとつだな?」

「やっぱり使い込みから眼をそらせる、ひとつの手でしょうな。まったく悪いやつだ」

吉次は暗い道に唾《つば》を吐き捨てたが、そうそうと言った。

「先生に言われた新七の素姓ですが、そっちを調べさせていたやつが、今日耳よりの話をつかんで来ました。新七は大津屋が三軒目の奉公先ですが、最初の奉公先で、何と十両という大金を盗んでいた。まだ小僧の時分ですぜ。まったく太え野郎だ。ところがその太物屋《ふともの》では、新七を店からほうり出しただけで、訴えては出なかった。店から縄つきを出すのはどこでもいやがりますからな」

「………」

「それに新七は愛嬌のある野郎で、ずいぶんそこの主人にかわいがられてたということもあったようで。しかしこうなってみると、情をくれるのもよしあしでさ」

ここです、と言って吉次が立ちどまったのは、柳橋平右衛門町の三好屋の前だった。吉次はずんずん入って行って、店の者とひそひそと話をかわしたが、すぐに登を振りむくと、どうぞ上がってくださいと言った。

女中が先に立って、二人を案内した。二人が入れられたのは、二階の一番奥にある部屋だった。行灯に灯を入れただけで女中が出て行くと、吉次は唇に指をあてて登を振りむき、隣の部屋につづく襖《ふすま》ににじり寄った。登も吉次のそばにうずくまった。

「万一ということもあります、おかみさん」

男の声が言っている。低い声なので、吉次は耳を襖にこすりつけるようにしている。登も耳を澄ませた。話しているその男が、新七という手代だろうとは見当がついている。

「やっぱり、お金はいまのうちによそにあずけて、散らしておくのがいいと思います。もしものことがあったとき、お上に残らず召し上げられたのでは、その先暮らしてはいけません」

「………」

「どうですか。手配は万事あたしがいたしますから、心配はいりませんよ」

「でも、おまえ」

今度は女の声がした。やわらかくおっとりした声は、大津屋のおかみに違いなかった。

「旦那は死罪にはならないと言ったじゃないか」

「ええ、お役人の方にだいぶ金を使いましたから、死罪まではいかないだろうと思います。でも、お役所の中のことはわかりませんからね。あたしは万一ということも考えているんです」

この男は、役人に金をつかませるという名目でも、店から金を持ち出しているらしかった。その金を、一体何に使っているのだと、登はいぶかった。

「ああ、新七」

おかみが暗い声で男を呼んだ。

「あたしには、何がどうなるのか、さっぱりわからない。おまえだけが頼りだからね」

「わかっています、おかみさん」

膳の触れ合うような音がしたのは、男がおかみのそばに行ったのかも知れなかった。人が揉《も》み合うような気配がして、大津屋のおかみが乱れた声を出した。

「いけないよ、新七。こんなことはおしまいにしないと、おゆきに悪い」

「おゆきちゃんはまだ子供です。何にも知っちゃいません」

不意に物音が絶えた。そして、しばらくして男の声が言った。

「どうですか、おかみさん。さっきの話ですが、あたしにお金をあずけてくれれば、うまく隠してさし上げます。いざというときに手遅れにならない用心のためですよ」

「おまえの、いいようにおし」

弱よわしいおかみの声を聞いて、登はこれまで抱いていた、妾殺しはおかみも共謀ではなかったかという一分の疑いを捨てた。大津屋の人間は、新七という男にいいようにあやつられているのだ。その男は大津屋に取りついて、根こそぎ血を吸いにかかっているダニだった。

吉次をみると、登を見返した吉次が、不意にすっくと立ち上がった。手に十手を握っている。吉次はがらりと襖をあけた。

「大津屋のおかみさん」

おどろいて身体をはなした男女を見おろしながら、吉次は冷たい声で言った。

「下手に財産を隠したりすると、お前さんも罪になりますぜ」

吉次は、青ざめた顔で十手を見つめている新七に険《けわ》しい顔をむけた。

「手代さん、あんたにはちょいと番屋まで来てもらう」

「何のご用ですか？」

新七は顫《ふる》え声で言った。薄くて紅い唇が気になるが、色白のいい男だった。

「おかみさんに、お金を隠せとすすめたからですか？」

「そうじゃない。七十両の使い込みの疑いだよ」

吉次の言葉が終らないうちに、新七はぱっと立って逃げようとした。しかし登が足を出すと、勢いよく畳にころび、壁で頭を打って静かになった。

登はおかみを振りむいた。女は青ざめた顔をうつむけて、乱れた髪と襟もとを直している。その妙になまめかしい姿から眼をそらして背をむけると、うしろで吉次の声がした。

「ひとに見られねえようにして帰りなせえ。野郎が縛られるのは見ねえほうがいいでしょ」

七

翌朝、登はあたりがざわめくような気配に目ざめた。土橋はとっくに起きて、床が上げてある。今朝の薬を煎じる役は土橋だから早く起きて当然だが、それにしても登は少し寝過ごしたようである。

登はいそいで夜具を畳んだ。昨夜牢にもどったのは四ツ（午後十時）直前で、そのあとすぐに寝たから、寝不足ということはないはずだったが、新七が番屋に送られて行くのを見とどけて、気持がゆるんだのかも知れなかった。

日が高い。登は少し気はずかしい思いをしながら、手拭いをさげて土間に降りた。

すると廊下をもどって来る土橋の姿が見えた。

「やあ、遅くなりました」

登が声をかけると、土橋はおはようございますと挨拶しながら近づき、あわただしくささやいた。

「ご検使の与力さんがみえていますよ」

「……」

「お仕置きになるのは、例の大津屋のようです」

「なに？」

登は持っていた手拭いを、土間に投げつけると、建物から走り出た。

――しまった。

その後悔に胸をつかまれていた。死罪の執行は、当日町奉行所から当番の年寄同心が持参する出牢証文によって、牢屋側に知らされるということになっているが、実際にはその前夜に、囚獄あてに死罪の執行と、誰が打首になるかの通知が来る。そのことは夜のうちに、ひそかに牢名主にも知らされて、牢名主はそれとなく死罪にあたる囚人に、その心づもりをさせるのである。

牢名主は、知らせをうけると囚人に湯をつかわせ、髪を結わせる。ただし、ほかに二、三人の囚人を同じように湯をつかわせ、髪も結ばせて翌朝死罪になる者が誰かは伏せる。

そういうしきたりを知っているから、登はこのところ夜には必ず平塚同心をたずねて、奉行所からの通知の有無を確かめていたのだが、昨夜は怠った。遅く帰って、平塚に遠慮した気味もある。

——もう遅いか。

顔から血がひく思いで、登は中庭に出た。俗に閻魔《えんま》堂と呼ぶ改め番所の中に、検使の役人がいて、牢屋の当番所前に十人ほどの人間がかたまっているのが眼に入った。助右衛門は、まだ牢から引き出されてはいなかった。

登は検使役人の前にすすんだ。

「少少、お願いがござります」

「御医師、何じゃ」

と言ったのは、登の顔を知っている辻村という与力だった。もう一人ははじめてみる顔だったが、様子ではその新顔の与力が検使で辻村は副のようだった。ほかに二人、やはり町奉行所から来た同心が、そばにつき添っている。

「大津屋助右衛門の死罪の件ですが。暫時ご猶予をいただけないものでしょうか」

与力二人は顔を見合わせた。同心たちもおどろいた顔で登を見ている。

「それはどういうことかな？」

辻村ではない長い顔に切れ上がった眼を持つ検使が言った。硬い表情をしている。

「妾殺しの犯人は助右衛門ではなく、別人という証拠が上がっております。間もなくその者について、奉行所から追いかけて知らせがあるかと思われます。私からも使いを出しますゆえ、その事情が判明しますまで、暫時死罪の言い渡しをお待ちいただけないかというお願いですが」

「それは出来んな」

検使与力は、そっけなく言って軽く胸を叩いた。科書《とがしよ》（死罪言い渡し文）を懐中していることを示したつもりだろう。

「われわれはご老中のお指図でここに参っておる。私に刑の執行を引きのばしたりすることは許されておらん」

「それは承知しておりますが、何分事情が事情、半刻（一時間）とは申しません。暫時の間、ご猶予を」

「奉行所から知らせとか申したが」

辻村が口をはさんだ。

「そういう届けは来ておらんようだったな」

「なにしろ一切が判明したのが昨夜でござります」

「どのような事情であれ……」

検使与力が、いら立ったように手を振った。

「刑の執行を遅延することは許されん」

「しかし、ひと一人の命がかかわっておりますぞ」

思わず登が詰め寄ると、二人の同心が前に出て来て左右から登の腕をつかんだ。

登は静かにその手を振り払って、後にさがった。

「御医師、場所をわきまえろ」

辻村が気の毒そうに声をかけて来たが、登は顔をあげなかった。唇を噛んだ。

――加瀬同心、吉次は何をしておるのだ。

熱い頭でそう思ったとき、牢屋の方でひとがざわめく気配がした。

見ると、助右衛門が牢を出て来るところだった。助右衛門は一人では歩けなくて、左右から下男に身体を支えられている。そのまわりを、鍵役の小淵同心をはじめとする牢屋同心、牢屋見回りの町奉行所同心などが取りかこむようにして歩いて来る。

助右衛門は、長い間日にあたらなかったために、紙のような白い顔をしていた。肉をそぎ落としたように痩せていて、下男の肩にあずけた腕も、わずかな風にひるがえる裾から突き出た脚も、木の枝のように細く乾《ひ》からびている。眼はうつろに宙にむけられたままで、ゆっくりと近づいて来た。登は眼をそむけた。

改め番所の前に敷かれた荒むしろの上に、助右衛門は引き据えられた。下男が支えなければ、そのまま崩折《くずお》れそうな姿だった。

鍵役の小淵同心が前に出て、出牢証文との引き合わせをはじめた。引き合わせて、本人かどうかを確かめるというよりは、死罪に至る一連の手続きに組みこまれた、一種の儀式めいたやりとりが行なわれているのである。小淵の問いに答える助右衛門の声は、つぶやくようでよく聞きとれなかった。

検使、副使の両与力が前にすすみ出て、検使与力が懐から科書を出した。登は思わず声を出した。

「お待ちください。死罪はなりませんぞ」

道場で相手を投げるときのような、すさまじい声が出た。

その声に、集まっていた者たちは一斉に登を振りむき、凍りついたように動かなくなったが、ようやく鍵役の小淵が言った。

「先生、何をおっしゃる？」

検使与力も、科書を手にしたまま不快そうに何か言おうとした。

そのとき、改め番所そばの門が乱暴にひらいて、ひとが三人入って来た。同心の加瀬作次郎と吉次、それに縄尻をとられた新七だった。新七は殴られたらしく頬を腫らしている。

加瀬は、ひと眼でその場の様子を読み取ったようだった。大声をあげた。

「待った。科人《とがにん》はそのじいさんじゃねえ。はやまっちゃいけねえ」

検使与力が、大事の場所だ、ひかえろと一喝《いっかつ》したが、加瀬はひるまなかった。ずかずかと二人の与力の前に歩いて来た。

「今日死罪になるべき男は、こっちの若い方ですぞ。いや、昨夜つかまえて大番屋までひっぱったのですが、これがなかなかしぶとくて容易に白状しねえ。やっと朝になって口を割らせ、気になってこちらの様子を奉行所にたずねたら、もはや検使が出たという話で、いや動顚《どうてん》しました。本人を見なくちゃお信じくださるめえと思いましてな、連れて参りました」

これは、今朝ほど取った口書です、と言って、加瀬は懐から書きつけを出した。加瀬は顔にびっしょりと汗をかいている。よほどいそいで来たらしかった。

与力二人は顔を見合わせ、それから額を寄せて口書を読んだ。読み終ると、地面に坐りこんで首を垂れている新七をじっと見た。それから与力たちはうしろをむいてしばらくひそひそと話し合ったが、やがて小淵を振りむいた検使与力が言った。

「こちらのお奉行と暫時協議する。それまでじいさんは牢にもどしておいてもらおうか」

検使は加瀬を見た。そして大声で言った。

「よくやった。ごくろうであった」

登は加瀬と吉次のそばへ行った。与力二人が足早に門のむこうに姿を消し、同心たちが助右衛門を取りかこんで牢にもどるのを見送ってから言った。

「加瀬さん、お役目ごくろうさまでしたな。おかげさまで、大津屋は一命を拾ったようです」

「野郎ががんばるもので手こずったが、間に合ってよかった」

太い息をついて加瀬が言った。加瀬も吉次も、顔に濃い疲労のいろをうかべている。おそらく昨夜寝ずに新七を調べたのだろう。

「お茶を一服いかがです？」

「いや、そうしてもおられん」

と加瀬はにが笑いした。

「野郎をもう一度大番屋に持って行って、奉行所から入牢証文を取らなきゃならねえ」

加瀬たちを門まで見送って、登は詰所にもどった。肌着がぐっしょりと濡れるほど汗をかいていた。検使とのやりとりに精魂をしぼったのだ。

だが、いまは快い安堵感があった。大津屋は命を取りとめたのだ。手続きはむつかしいものになるだろうが、まことの犯人があらわれた以上、大津屋助右衛門が死罪になることは、まずあり得ない。

濡れた肌着を取りかえながら、登が安堵感にひたっていると、土橋が入って来た。

「いや、すごいやりとりを見せてもらいました」

土橋の声にはかすかな興奮が残っている。さっきの様子を庭の隅で見ていたらしい。

「わたしはとても与力さん相手にあそこまでは言えない。立花さん、あんたは立派な医者だ」

「何をおっしゃるやら」

登は苦笑した。助右衛門の命を救ったのは自分ではない。加瀬たちの到着が遅れたら、万事休したろう。ほめられては面《おも》はゆかった。

「ところでお客が来ています。八名川町からの使いだそうで」

土橋のうしろから一人の男がすすみ出た。丸顔の三十前後の男で、はじめて見る顔だった。

「藤吉の使いで来ました。今日、ご都合つき次第に、八名川町の家までご足労ねがえないかと言っております」

「直蔵はどうしたね？」

「それが、深川で怪我をして、寝ております」

八

直蔵を見舞ってから、登と奥野は深川の門前仲町にむかった。高利貸し市之助に使われている男たちは、今日東仲町の鶴屋という小料理屋に、立ち退《の》きを迫りに来ることになっている。

男たちは大体七ツ（午後四時）ごろに、その仕事のために鶴屋に来るはずだと直蔵は言った。そこまでさぐるために、直蔵は男たちの間に深く入りこみ、怪しまれて殴られたのである。

登に使いをよこしたとき、直蔵は脚をくじかれ、ふた目とみられないほど腫れ上がった顔をしていて、登は藤吉から文句を言われたが、今日はかなり顔の腫れもひき、足をひきずりながらも歩けるようになっていた。若いから回復は早いが、登はまだ見たことのない無法者たちに怒りを感じていた。

「弥助も一緒に来ますかな」

「来るだろう。それがあの男の仕事らしいからの」

奥野が憮然とした表情で言った。

「直蔵を殴った仲間には入っていなかったでしょうな」

「それはわからん」

奥野は憂鬱そうに言った。

「そうでないことを祈りたいものだ。もっとも、あの傷は素人《しろうと》の殴り方だな」

七ツ前に、登と奥野は東仲町の鶴屋の前についた。

「やや西に傾いた日射しの中を、何事もなくひとが歩いている。

奥野はすぐ店に入って行った。登もあとにつづいた。二人が入って来たのを見て、板場の中にいた男が、いきなり庖丁を握った。だが奥野は腰に刀を帯び、登は一見して医者の恰好なので、男はあわてて庖丁を隠し、いらっしゃいと言った。

「市之助の子分が今日追い立てに来ると聞いたが……」

奥野が言うと、男はじろりと二人を見て、そうらしゅうござんすな、と言った。

三十半ばのなかなか気の強そうな顔をした男である。

「それでも店を開くのか？　こわくはないかね」

「べつに……」

男は布巾《ふきん》を使いはじめた。

「あっしは借金を返せなかった。だから立ち退くと言ってるんだ」

男は不意に激昂したようにまくし立てた。

「承知はしたが、立ち退くのはいますぐじゃない。こっちだって都合がある。半月ばかり待ってくれと頼んでるんだ。没義道《もぎどう》なやり方で取り上げる店だ。それぐらいの無理は言ってもよかろうぜ」

「……」

「それも出来ねえ、いますぐだと言うんなら取りに来なと言ったんだ。追い出される前に、こっちもひと言挨拶してやるってな」

登は店の奥の方を見た。物音もなくしんとしている。男はどうやら一人でこの店に立て籠っているらしかった。

「お前さん方は何ですかい？」

男は急に眼をいからして、また庖丁の方に手をのばした。

「お客さんかと思ったら、そうじゃねえらしいな。金貸しの使いかね？」

「いやいや、違う」

奥野はうしろにさがった。

「もうちょっとすると、この家の前で少し騒ぎが起きる。そのことわりを言いに来ただけだ」

奥野と登は店を出た。鶴屋の前で待った。店は表通りでなく、表から四、五間ほど路地に入ったところにある。それでもぽつりぽつり人通りがあって、二人が腕組みして店の前に立っているのを異様に思うのか、道のはしに避けるようにして前を通りすぎて行く。

男たちは、七ツをかなり回ってからやって来た。五、六人かたまって路地に入って来た。

「おい、いるよ」

奥野が含み笑いをして言った。登も苦笑した。人相の悪い男たちの後から、新谷弥助がついて来る。刀も帯びず、遊冶郎《ゆうやろう》のような着流し姿だった。

二人の姿を見て、男たちは立ちどまった。そのうちの一人が、近づいて来ると奥野にむかって険しい声をかけた。

「ちょっと、そこどいてくれませんかい」

「いや、ここはどけんなあ」

奥野はのんびりした声で言った。

「ひとを待っておる」

「ふざけた野郎だ」

男は一歩近づくと、いきなり奥野の胸ぐらをつかんだ。片手で刀の柄《つか》を押さえたのは喧嘩馴れしている証拠だった。男は武家を恐れていなかった。

「どけよ、おさむらい」

男は片手で奥野の襟をしめ上げて押した。すると奥野の身体がひょいと男と入れかわり、体が沈んだと思うと、男の身体は弧を描いて宙に飛んだ。さすがに鴨井道場の師範代だけあって、奥野の体さばきは軽快だった。

　しかし男たちの動きもすばやかった。地に落ちた男が、大きなうめき声を洩らすと、一斉に匕首《あいくち》を抜いて迫って来た。相手は五人、そのうちの二人が前を走って、退路を断つように右手に回った。何度も修羅場を踏んだ男たちのようである。

　登が前に出ると、奥野も、両刀を鞘がらみ抜き上げて店の中にほうり込み、あらためて男たちと向き合った。

　いきなり乱闘になった。登は手刀を使って匕首を落とし、男たちを投げとばした。だが男たちはひるまずに起き上がってむかって来る。最初に奥野に投げとばされた男も、立ち上がってむかって来た。

　奥野は、男たちを容赦なく道わきの家の羽目板にむかって投げつけている。登もそれにならった。路地の入口に黒山の人垣が出来た。

　男たちの動きが、ようやく鈍くなった。足をひきずりながら登にむかって来た男が、突っ立っている新谷をちらとみて叫んだ。

「どうしたい、先生」

　しかし新谷は動かなかった。男は歯をむき出して登につかみかかって来た。大男だった。十分に組ませておいて、登は強烈な肩車の技を放った。男の身体は高く舞い上がって地面に落ちると動かなくなった。

男たちが、かばい合って逃げ去ったあとに、三人だけが残った。

「どうした、用心棒」

登は新谷にむかって鋭く言った。

「かかって来ないのか？」

「すまん」

新谷弥助は首を垂れて言った。近づいた奥野が、その肩をひたひたと叩いた。

「今日は、お前さんの仕事とやらを見に来たのだが、存外に汚い仕事のようだな」

「………」

「いい加減に眼をさまさぬと、この町から足が抜けなくなるぞ」

奥野も登も、着ているものがぼろぼろになっている。やはり匕首に切られていた。

その姿にちらと眼を走らせてから、新谷は青ざめた顔をうつむけて、もう一度すまんと言った。

三人は路地を出た。新谷はともかく、登と奥野の異様な姿を見て、すれ違うひとが振りむいて行く。

「この町にまだ借りがあるのか？」

奥野が言うと、新谷は首を振った。

「ま、どっちみち、お前さんはさっき手出しが出来なかったので、連中の信用を失った形だ。引き揚げどきだな」

「ちょっと荷物を取って来る」

新谷は奥野の言葉に直接には答えずに、そういう言い方をした。二人は新谷の後について、櫓下から、次第に迷路のようになる町に入りこんだ。新谷が入って行ったのは、裾つぎの小舟屋だった。

「ここですよ、弥助が寝起きしている家は」

登が言うと、奥野はめずらしそうにあたりを見回した。まだあたりは明るいのに、化粧の濃い女たちが行き来し、二人をみると巧みに鼠鳴きして笑いかけたりする。

弥助は手間取っている。奥野は感心したように言った。

「なるほど、こういう場所にはまりこんだら、なかなか足は抜けんわ」

「師範代が感心しちゃ困りますな」

登が言ったとき、ようやく入口に弥助が姿を見せた。だが、すぐ後に女がついて来た。

「あんたというひとは……」

女が新谷の背中で言っている。

「あんなにいい思いをさせてやったのに、もう忘れたの？」

尻上がりの甘ったるい声だった。だが弥助は振りむかずに出て来た。袴をつけ、腰に刀を差している。手に風呂敷包みを持っているところが、のびたさかやきに釣り合って、妙にさまになっている。

女も外に顔を出した。小舟屋のおかみだった。厚化粧の顔が、傾いた弱い日射しの中でどきりとするほどの美貌に見えた。

「おや、お迎えかい」

おかみは登と奥野をみると、鼻白んだ顔になった。顔に険《けん》が出た。

「ふん、お迎えで帰るんじゃや、まるでガキだね」

新谷はその声にも振りむかなかった。いそぎ足に歩いて行く。その背に、登はようやく新谷がこの町と手を切る気になったことを感じた。

新谷を家まで送り、両国広小路で奥野と別れて、登は叔父の家にもどった。ぐったりと疲れていた。家に泊ることは土橋と平塚同心にことわってある。今夜は久しぶりに湯屋に行って、そのあとぐっすり眠ろうと思っていた。

おちえが、お茶を運んで来た。

「飯は？」

「まだよ。いま母さんとおきよさんが台所に入っている」

「飯前に湯屋に行って来るかな」

「そうなさいよ」

「叔父さんは？」

「またお出かけ」

おちえはちらと赤い舌を出し、肩をすくめて笑った。

「そうそう」

部屋の入口でおちえが振りむいた。

「大津屋のご主人が帰って来たんですってね」

「ああ、今朝牢を出された。おゆきさんが迎えに来てたな」

「おゆきさん、かわいそう」

とおちえは言った。新七のことを言ったのだ。

「かわいそうでなんかあるもんか。早くわかったからよかったのだ。新七という男は、店から持ち出した金を、全部女と博奕《ばくち》につぎこんでいたという話だ」

「あたしが教えたこと、役に立った？」

「役に立ったとも」

登はお茶を飲み干すと、立って手拭いをさがした。

「手拭いなら机のそばよ」

「おちえが女のことを知らせてくれたおかげで、人間の命ひとつが助かった」

「ごほうびをくれないの？」

「ほうび？」

登はおちえの顔を見た。おちえは手を袖に入れて柱に寄りかかっている。登の胸にいたずらな気持が動いた。

「ほうびはこれだぞ」

登はおちえの身体をすっぽり抱えると軽く口を吸った。きゃっと叫んで逃げるかと思ったら、おちえは動かなかった。眼を閉じてじっとしている。登がはじめてみる、酒に酔ったような顔色になった。

「湯屋に行って来る」

登はあわてふためいて身体をはなすと、玄関にむかった。外に出ると、登は闇の中に立ちどまって大きくひとつ息を吸い込んだ。胸の動悸が高くなっていた。これまでふれたことのない甘美なものにふれた感触が唇に残っている。

登は頭を振った。それから下駄を鳴らして門を出た。

解説

若き魂に向けて

あさの　あつこ

藤沢周平の小説を読むたびに、人の芯、あるいは核のようなものを感じる。感じるだけで、人の芯、あるいは核とはどういうものか、詳細にかつ的確に語る能力をわたしは持たない。

ただ、ひどく胸を衝かれることがある。自分が知っているつもりになっていた他者の姿、自分の正体が、その実、少しも見えていなかったことに愕然とするのだ。自分の見たいようにしか他人も自分も見ていなかったこと、見られなかったことに気が付けばたいていの者は驚きも、恥じ入りもするだろう。わたしもご多分に漏れず、である。けれど、藤沢作品を読む醍醐味はさらにその先にある。

目が覚めるように思うのだ。

そうか、人とはこういう形をしているのか、と。

人という生き物が一様でないのも、一筋縄ではいかないのも頭では解していた。

わたし自身、性別や年齢や家庭環境や職業で、〝あなたはこういう人〟だと括られることに嫌悪や焦燥や、時によっては憎悪までをも覚えてきた。「違う、違う。そんなんじゃない」と叫んできた。〝自分〟を強く意識し始める十代のころからずっと、だ。それなのに、いつの間にか、わたしはわたしが嫌悪し憎んできた〝容易《たやす》く人を決めつけ、分類する大人〟の側に回っていた。今までいったい幾人、幾十人の人たちに、したり顔で「あなたは、こういう人なんだよ」と語ってきただろう。一人一人の人間の芯にも核にも心を馳せず、人が本来個であると考えもせず、一括りにして平気でいただろう。振り返れば、背筋が寒くなる。

藤沢作品を読まなければ、わたしはこの悪寒と無縁でいたはずだ。己の愚劣さにも安易さにも気づかず、それなりに〝いい人〟だと自己満足して、いい気になっていたはずだ。

けれど、わたしは藤沢周平の本を読んだ。彼の遺した作品のほとんどを（幾つかの長編を除いて）読み尽くした。そこに息づく人たちを、生き抜く女を、死を選ぶ男を、真《まこと》を求める娘を、老いに打ちのめされる商人を、定めに抗《あらが》う武士を、全てを受け入れる老女を知った。みんな一様ではない。一色に塗り込められない。

卑小な欲の下に矜持を抱え、凛とした佇まいの向こうに弱さと弱さゆえの惑いを忍ばせる。悪意が慈愛に結びつき、思いやりが後悔や嫉妬にひょいと変じていく。

狡《ずる》くて、愚かで、居高《いだか》で、傲慢で、自分勝手で、どうしようもないひねくれ者で、優しくて、気高くて、清楚で、誇り高い。

様々なものを併せ持ち、万華鏡のように色合いを変えていく。いや、何層にも積もった人の姿の一層、一層が浮かび上がるのだ。

そんな場面に出くわすたびに、わたしは軽い目眩《めまい》を覚える。人というのはすごい。奇怪でさえある。それを捉え、書き、藤沢周平の世界を創り上げた人は、人としても書き手としてもあまりにすごいと思う。すごい、すごいと単純に繰り返すのも、物書きの端くれとしてどうなんだと一応、自省してみるものの、やはりすごいとしか言いようがない。

藤沢作品を読み漁り、浸り、励まされたり、楽しんだり、心を痛めたり、呻《うめ》いたりしていた中で、わたしは立花登という若者に出会うことができた。登はわたしを知らないが、わたしは登の傍らで彼の日々を見詰めてきた（ちょっとストーカーっぽい？）。彼はまさに青春の真っ只中に生きている。実に爽快に、実に真っすぐに。

藤沢周平の青春時代小説といえば、真っ先に浮かぶのが、名作との誉れ高い『蟬しぐれ』だろう。青年剣士の生きた軌跡を、細やかに清々しく描き切った一作は、古典としてこの先長く長く読み継がれていく藤沢周平の代表作の一つであるのは間違いない。そしてこの『獄医立花登手控え』のシリーズは『蟬しぐれ』に劣らぬ名作ではないか。『蟬しぐれ』は一抹の悲哀を作中深く閉じ込め、若き日々が過ぎ去っていくとともに人が喪失するものを、淡々としかし鮮明に描き出した。だからこそ、せつなさと取り戻せない日々への想いに胸が疼《うず》く。遠く過ぎ去っていく光を見送る心持になる。このせつなさ、この疼きこそが青春小説としての『蟬しぐれ』の魅力だった。少なくとも、わたしにとっては。

しかし、立花登は文四郎とは違う。彼は光を見送る人ではなく、光そのものになれる者だ。彼だってさまざまに悩み、憂い、苦慮することも惑うこともある。けれど、光の鮮やかさを失わない。彼の職業、小伝馬町牢獄の医師という立場がこの光をさらに眩しくさせる。このシリーズ四冊のタイトルにはどれにも檻がつく。檻。罪人を閉じ込めるための室である。登は常に、獄に繋がれ、檻に閉じ込められた罪人たちと接する。彼らの絶望が、諦めが、苦渋が、生き延びようとする足搔《あが》きが、狡さが、醜さが、暗みが、登の若さと健全な精神と行動力を際立たせるのだ。

登はよく騙される。

この『風雪の檻』だけに限っても、騙され続けている。一話めの「老賊」の捨蔵にも、「化粧する女」のおつぎにもころりと騙されてしまう。けれど、彼は絶望しない。諦めもしない。己の迂闊さを恥じながらも、落ち込みながらも、ため息を吐《つ》きながらも前に進む。そして、真実に辿り着くのだ。救うべき者を救い、罪を犯した者を闇から引きずり出す。彼は身体《からだ》の病だけでなく、人の心に巣くい、人を損ねる病巣をも取り除こうと奮闘するのだ。そう、彼は闘っている。じつに堂々と、生き生きと、世に蔓延《はびこ》る矛盾や理不尽と戦っている。勝ち試合ばかりではない。敗れて唇を噛むことも度々ある。だからといって闘いを止めようとも、背を向けて逃げようともしない。「処刑の日」で見せた気迫こそが、立花登の真骨頂だ。

妾を殺害した罪で囚われた大津屋助右衛門に死罪が言い渡される日、その無実を確信した登は、何とかその処刑を止めようとする。相手は、検使与力や町奉行所の同心ではない。その後ろにあるもの、硬直したシステムとそのシステムの上に胡坐《あぐら》を組んで真実に近づこうともしない権力そのものだ。人の命をぞんざいに、軽々しく扱おうとする権柄《けんぺい》だ。

検使与力が、いら立ったように手を振った。
「刑の執行を遅延することは許されん」
「しかし、ひと一人の命がかかわっておりますぞ」

このやりとりの後、ぎりぎりで無実が確証され、助右衛門は刑を免れる。「ひと一人の命がかかわっておりますぞ」との登の一言は重い。人権という言葉などなかったこの時代に、彼は人として医者としてなにより大切なものを知っていた。そして、人の命を救うために必死で闘うのだ。

藤沢周平が立花登に、この一言を叫ばせた瞬間、獄医立花登のシリーズは青春小説としての輝きをさらに強く放った。

今の世でも、人命は軽い。国のために死ねと国家が国民に命じた時代からまだ七十年余しか経っていない。それなのに、個の命を蔑《ないがし》ろにするシステム、風潮は二〇一七年の今現在も確かに存在する。今後、ますます色濃くなっていくだろう。

登の若い義憤は、若い使命感は命を守るために、時のシステムに否を突き付けた。同じことが、わたしたちに、わたしにできるだろうか。

登は若い。彼の若さを全開にした物語は前述したように爽快で、真っ直ぐで、読んでいて胸がすく。しかし、このシリーズがわたしたちに伝えるのは、青春小説の爽快感だけではないのだ。

あなたはどうなのだと、問うている。あなたは若い心を失っていないか。人の命こそを守ろうとする闘いを放棄してはいないか。

すぐれた青春小説のみが持つ、激しく鋭い問いかけに、わたしはどう応えていけるだろうか。

奥歯を嚙み締め、一人想っている。

（作家）

単行本　　　一九八一年三月　講談社刊
一次文庫　　一九八三年十一月　講談社文庫
新装版文庫　二〇〇二年十二月　講談社文庫

内容は「藤沢周平全集」第十二巻（一九九三年八月
文藝春秋刊）を底本としています。

DTP制作　ジェイ　エスキューブ

文春文庫

風雪《ふうせつ》の檻《おり》　獄医《ごくい》立花登《たちばなのぼる》手控《てびか》え(二)

定価はカバーに
表示してあります

2017年3月10日　第1刷

著　者　藤《ふじ》沢《さわ》周平《しゅうへい》
発行者　飯窪成幸
発行所　株式会社 文藝春秋

東京都千代田区紀尾井町 3-23　〒102-8008
TEL 03・3265・1211
文藝春秋ホームページ　http://www.bunshun.co.jp

落丁、乱丁本は、お手数ですが小社製作部宛お送り下さい。送料小社負担でお取替致します。

印刷・凸版印刷　製本・加藤製本

Printed in Japan
ISBN978-4-16-790813-3